与天气之神同行

—— 陈晓晖 著

气象出版社

图书在版编目（CIP）数据

与天气之神同行 / 陈晓晖著. —— 北京：气象出版社，2024.7
ISBN 978-7-5029-8190-7

Ⅰ．①与… Ⅱ．①陈… Ⅲ．①长篇小说－中国－当代 Ⅳ．①I247.5

中国国家版本馆CIP数据核字(2024)第085069号

与天气之神同行
Yu Tianqi zhi Shen Tongxing

陈晓晖 著

出版发行：气象出版社	
地　　址：北京市海淀区中关村南大街46号	邮政编码：100081
总 编 室：010-68407112（总编室）　010-68408042（发行部）	
网　　址：http://www.qxcbs.com	E-mail：qxcbs@cma.gov.cn
责任编辑：殷 淼	终　　审：张 斌
责任校对：张硕杰	责任技编：赵相宁
设　　计：北京追韵文化发展有限公司	
印　　刷：中煤（北京）印务有限公司	
开　　本：880mm×1230mm 1/32	印　　张：6.125
字　　数：112千字	
版　　次：2024年7月第1版	印　　次：2024年7月第1次印刷
定　　价：39.80元	

本书如存在文字不清、漏印以及缺页、倒页、脱页等，请与本社发行部联系调换

故事简介

在天气神国的众多仙灵当中,对人类深有感情的仙灵族长柏子高和他的同伴喜鹊、阿瑟等人,以各种身份为掩护,隐居在美丽宁静的海岛市,尽自己所能守护着人类,每当天气之神的身影出现,都会引起他们的警觉。但仙灵与天气诸神是相辅相成的,有对抗也有友情,有误解也有和解。在海岛市,围绕着种种天气现象的变化,仙灵、天神和人类的互动逐渐触及了自然规律和人类生存的深层矛盾,柏子高率领的仙灵一族和人类孩子白小奇、白小丽也与天气之神们发生了许多有趣的故事……

主要人物

1 ——白峰

海岛市气象局的首席科学家,也是白小奇、白小丽兄妹俩的爸爸。他经常加班、值班、出差,当灾害性天气来临的时候,他便格外忙碌。他性格幽默温和,对孩子们很有耐心,也很尊重他们。

2 ——宁小萌

计算机天才,编程高手,海岛市一家科技公司的创始人,即时通信系统"青羽"的发明者和运营者,白峰的妻子,白小奇、白小丽兄妹俩的妈妈。她的工作也很忙,每当有项目进行的时候,她总是不在家。但对孩子们,她比爸爸更有权威。

③　　　　　　　　　　　　　④

③ ——白小奇

海岛市实验小学学生，富有冒险精神、像夏天一样灿烂的阳光开朗少年，白峰与宁小萌的儿子，11岁，上五年级，学习成绩不怎么样，但很有同情心，乐于助人。他喜欢看奇幻漫画，是漫画家柏子高的铁杆粉丝。

④ ——白小丽

海岛市实验小学学生，天才儿童，拥有超常的智慧、超强的记忆力、超级理性的头脑、超级伶俐的口才。她是白小奇的妹妹，10岁，上四年级。她遇事总是十分冷静，不像个孩子，唯独对鸟类特别恐惧。

⑤

⑥

⑤ ——娜娜哒

宁小萌设计的人工智能女孩,功能齐全,是移动的房屋安保系统,也是家里所有智能电器的控制中枢,还能连接互联网,有很强的自学习能力,是孩子们的最强保姆和随时提供资讯的百科全书。

⑥ ——崔大力

白小奇的班主任兼语文老师,与白峰夫妇年纪相仿,对学生认真负责,要求十分严格,学生暗地里给他取了个外号叫"催人老"。虽然外表看起来很平凡,但其实他有一个神秘的"特殊身份"。

7　8　9

7 ——柏子高（原名柏皋）

长生不老、法术高强的仙灵族长，曾在上古大灾难中救助过人类，后来便率领自己的仙灵族属假扮成普通人生活在人类社会，暗中发力，减少各种天灾对人类的伤害。他做过很多工作，现在是一个职业漫画家。

8 ——阿瑟

仙灵中最古老的大壑（海洋）仙灵，柏子高的部下，一直追随柏子高帮助人类，忠心耿耿。他千百年来都是以开酒馆小食店为公开身份的，虽然厨艺非常一般。现在他经营着一家名叫"大荒东"的咖啡馆，这家咖啡馆也是仙灵和天神们来往人间的交通站。

9 ——喜鹊

羽族仙灵，柏子高的助手，变成人形时是个清秀帅气的黑衣少年，化身为鸟类时，通常是喜鹊的模样，但有时候会不小心变成乌鸦。

目录

故事简介
主要人物

一 风的勇气 / 01

1 异域来客 / 02
2 失控 / 07
3 又来了一个surprise / 16
4 龙卷是什么 / 23
5 旋风三兄弟 / 29
6 风神的规则 / 34
7 仙灵之舟 / 43
8 终点就在台风眼 / 48
9 起飞吧! / 59
10 把故事讲完 / 65
11 尾声 / 73

二 彩虹游乐园 /77

1 白小奇"受伤"了 /78
2 再造彩虹 /91
3 海边的神奇烟花秀 /101
4 酬谢蟪蝀神 /116
5 尾声 /126

悲伤的北回归线 /131

1　羲和　/132

2　远古的回忆　/141

3　三足乌　/148

4　不想见的人　/160

5　和解吧，朋友！　/168

6　尾声　/182

一 冈的勇气

1　异域来客

清晨,黑衫少年文质彬彬地敲开了柏子高的家门。

"哟,今天怎么从前门来啊?"柏子高叼着牙刷问。黑衫少年是羽族仙灵,以喜鹊为化身,有时也会错变成乌鸦。今天则是人模样,还老老实实叫门。

喜鹊探头往屋里看了看,白小奇正坐在客厅津津有味地看漫画:"他在这儿,我还能从窗户里飞进来?我说,这小孩放假都不睡懒觉的吗?这才几点,他就来了?"

白小奇也看见了喜鹊,还开心地朝他招招手。

自从暑假开始,白小奇差不多天天都到柏子高家报到。宁小萌还在忙她的新项目,很少在家,而入夏之后海岛市的台风季就正式开始了,白峰也会长时间地待在气象台,平常家里只有白小奇、白小丽和娜娜哒。柏子高家有漫画有网络有零食,待在这里还不用听白小丽的冷嘲热讽,白小奇是"乐不思蜀"。

这样一来喜鹊就为难了,他有事来找柏子高,只能变成人的样子。毕竟,即使是粗枝大叶的白小奇,对一只会说人话的鸟也不可能不在意。柏子高告诉白小奇,喜鹊是自己的"助理",漫画家有助手帮忙很常见,白小奇自然没起疑心,老拉着这位"助理"聊动漫聊游戏。喜鹊对这些话题既没兴趣也不了解,经常被问得张口结舌,非常尴尬。为了躲白小奇,这段时间他能不到柏子高家来,就尽量不来。

不过,今天喜鹊必须来。他给柏子高带来了一个不太好的消息。

"颓来海岛市了。"他凑到柏子高耳边说。

听到这个名字,柏子高汗毛都竖了起来。

"确定吗?他被神国放逐之后,一直都生活在西方的大平原,很久没见了。"

"非常确定,他已经去找过阿瑟了。大壑仙灵与风神的关系一向密切,这你是知道的。柏皋,善者不来,海岛市怕是难逃一场劫难。"

柏子高沉思了一下，对喜鹊说道："让仙灵们都打起精神来，密切地注意颓的动向，及时警示。"

喜鹊面露难色："颓神出鬼没，根本就没法预警。"

柏子高叹息一声："唉，确实，谁都拿他没办法。人类不必说了，几乎没有能够有效监测他的手段。我们……尽力而为吧。"

这时门铃又响了，喜鹊一笑："是白小丽吧，你这儿成白家的托管班了？是不是还有'小饭桌'呢？"

柏子高摇了摇头："小奇说，小丽整天在家里啃她那些大人都看不懂的书，根本不出门——大概是快递。"

可他也猜错了——门一打开，外面的不是快递员，而是一个染着黄头发、穿得邋里邋遢，身旁摞着三四个航空旅行箱的高个男人。

来人对他们比了个剪刀手："Hi, my man! It's surprise！"

柏子高和喜鹊面面相觑。

"这不就是那谁……"喜鹊语气犹疑。

"是颓。"柏子高说。

"让过一下,"黄头发男人拉起摇摇晃晃的一堆行李箱,硬挤了进来,"柏皋,我们这可有好几百年没见啦,你看着越活越年轻了呢。"

柏子高指了指客厅,示意他小声,颓发现有个小男孩坐在沙发上看书,忙压低嗓门:"你都娶妻生子啦?孩子妈是仙灵还是人类?"

"说哪儿去了,这是我邻居家的孩子,他现在放暑假,是来我家玩的。"

"哦,原来如此。知道了,放心,我会在你的世界里为你保守秘密的。"颓把柏子高推开,继续拉着箱子往里走。柏子高和喜鹊只得跟在他身后。

柏子高边走边问:"你这是怎么回事?"

"我从纽约来,刚下飞机。"

"你怎么坐飞机呀?"喜鹊忍不住问道。

"隔着一个太平洋,我不坐飞机来坐什么来?飞毯?我可没有。"

"焚轮神不是会飞吗?"

"糊涂,买张机票多省事,我为什么自己飞……

可是航班在海岛市的airport落了地,我才想起来,来的时候too hurry,忘记订Hotle了。再一想,you, my best friend,柏皋柏大人,就在这里嘛,我在你的house里住几天没问题吧,咱俩这交情……"

"咱俩有交情?"

"你这么见外我可要伤心了!"颏不等柏子高再说话,直接把几个旅行箱夹在两边腋下,飞也似地上楼去了。

喜鹊问柏子高:"现在怎么办?"

"算了,他自己来了也好。奇怪,他怎么知道我家的地址?"

"是阿瑟告诉我的!"颏的喊声从二楼传来,"阿瑟还说,你住的是海岛市最高档的小区,比他那个破咖啡馆条件好多了!"

客厅里的白小奇猛地抬起头,摘下耳机:"什么声音?谁在说话?"

2　失控

晚饭时，白小奇讲起今天柏子高家来了一位远道而来的客人，要借宿几天。

"从哪里来的客人？"白峰问。

"听说是从美国来的。还染了黄头发呢，说话都是一会儿中文一会儿英文的。"

"柏先生还有这样的朋友呀，"白峰说，"小奇，那你这段时间就不要老去了，人家家里有客人，肯定很忙。"

白小奇着急地说："他们忙他们的，我又不会添麻烦！"

白小丽笑了："白小奇现在恨不得像那个美国来的朋友一样住在柏先生家，让他别去，他可忍不住。"

"哼，你别说，真住在柏先生家，我就有足够的时间把他的漫画书全看完了。柏先生家的漫画书有整整一面墙！都是我爱看的！"白小奇瞪了白小丽一眼，展开双臂比划着说道。

白峰故意沉下脸色："儿子，你整天柏先生长柏先生短，爸爸可要吃醋了。"

白小奇看了看桌面上的菜："爸爸，今天没有饺子也没有螃蟹，你吃什么醋啊？"

白峰摸摸白小奇的头："爸爸不说了，你好好吃饭，想吃螃蟹爸爸明天买。但是呢，你也不能一天到晚光看漫画书，总得花点时间学习吧，至少把你的暑假作业做完，不然快开学的时候又要熬夜了。"

"而且是在妈妈的骂声里熬夜。"白小丽用嘲笑的语气说。

白小奇歪过头对着白小丽嘟嘟囔囔："要你管？多管闲事……"

白峰放下筷子："我吃完了，今晚要去单位值班，你俩早点睡觉，玩游戏不能超过10点啊，白小奇，听到没有？"

"你怎么也这样说我，我什么时候玩游戏超过10

点了？"

白峰笑了笑："行行，有则改之无则加勉，爸爸相信你。"

"你才不相信我呢！"白小奇气呼呼地站起身跑开了，随即一声"砰"的巨响传来，是他把自己的房门用力撞上的声音。

白峰纳闷地问白小丽："你哥这是怎么了？妈妈不是经常警告他玩游戏不能超过10点吗？我才说一次他就生气？"

白小丽严肃地说道："这是青春期叛逆。你和妈妈也太忙了，一点都不关心白小奇，你们没发现他都开始变声了吗？"

"青春期，叛逆，变声？"白峰愣住了，"你哥多大了？"

"爸爸！"

"好了好了，我得先去值班，最近天气形势有些异常，单位里确实是比较忙。小丽，你放心，我和妈妈会找机会跟你哥好好聊一下的，呃，聊聊变声的问题……"白峰说着，便匆匆离开了餐桌。

白小丽摇了摇头:"是青春期的问题。唉,你俩真不靠谱。"

柏子高家也正在吃晚饭。那位不速之客颓和他各坐在长桌两头。喜鹊此时已化为鸟的形态,在桌上啄盘子里的玉米粒。

"吃吧,"柏子高对颓说道,"别客气。"

颓扫视了一下桌面的几个快餐盒,皱起了眉头:"这是什么呀?"

"外卖。"

"我来你这儿第一顿,你叫我吃外卖?我在美国都没吃过外卖。"

话虽如此,他的手却很诚实地拿起筷子,打开餐盒,开始风卷残云般地吸溜。

柏子高忍不住说:"你慢点吃。"

"我习惯了,"颓好不容易咽下嘴里的一大口米粉,"干什么都快,想慢都慢不了。"

喜鹊干笑了一声:"那是,你能不快吗?"

颓装作没听见,没几分钟,一碗米粉见底了。

柏子高等他吃完,便问道:"现在可以说了

吧——你这次来海岛市的目的是什么？"

颓没说话，似乎在思考怎么回答这个问题，顺手抽了几张纸巾擦了擦嘴。

"海岛市是我仙灵一族守护的地方，如果你到这里来有什么特殊的目的，希望你能诚实地告诉我。"

颓扔下手中的纸巾："别紧张，我没有什么目的，只是最近又开始做那个噩梦了，想出门散散心，想来想去，我在人间的故人也不多，听说你好像住在这个叫海岛市的地方，我就上这儿来了。"

柏子高半信半疑地看着他。

"你做的是什么样的噩梦啊？"喜鹊问道。

"我的噩梦很简单，就是不断地从天空坠向地面，在梦里，我能清晰地看到熙熙攘攘的人群，密密麻麻的屋顶……我想控制自己不要冲向地面，可是做不到，我大声地求救，大声地喊'灾难来了，快跑'，可是没有人听见。"

"焚轮神，你这样讲话，是不是有点虚伪啊？制造灾难的人不就是你自己吗？"喜鹊冷冷地说。

颓的脸色一下子变了，他死死盯着喜鹊，一股风气缓缓从头顶向下旋转而生,只听"呜呜"的风声越来越大,餐桌上的快餐盒纷纷被卷落在地上,汤汁泼洒了满地。喜鹊被吹得站立不稳,连忙拍着翅膀想飞离桌面,可是身体被旋风裹住无法挣脱,不由自主地随着风的螺旋向上升起。

喜鹊吓得羽毛乍立,大叫起来:"柏皋!柏皋!救命呀!"

柏子高无奈地一跺脚,跑向了二楼。等他跑回来时,喜鹊已经晕头转向,放弃挣扎随风飘荡了,颏身上发出的这股涡旋还在不断地发展,边缘已经扩展到了餐桌之外,开始席卷其他的家具杂物,花瓶、拖鞋、抱枕,摆放在房间里的各种各样大大小小的东西,都被卷进了风里,和喜鹊一起飞速地盘旋。

柏子高举起手中一颗拳头大小的黑色线球,朝涡旋奋力扔了过去,只见涡旋中电光曳闪,轰鸣了几声,随即所有卷进风中的东西都噼噼啪啪地掉落下来,花瓶在地板上摔得粉碎,花瓣枝叶分崩离析,到处都是。喜鹊和一只拖鞋在飞来飞去的时候被套在了一起,"咣当"一声掉下来又摔散了,喜鹊滚到一边，两爪朝天，不停地抽搐。

旋风戛然而止，房间里一片狼藉。颓的表情好像梦游的人突然醒来，看着屋子里混乱的场面，满脸满眼都是惊愕。过了片刻，他似乎回过神来，尴尬地说道："柏皋，还是你法力高强。这是什么呀？"他指着那颗黑色毛线球。

柏子高沉着脸捡起球塞进口袋："这是用大鹏的一根腹羽纺成的线球。"

"哦，原来是能驭风的大鹏的羽毛，"颓赞叹地说，"你库存的宝贝真不少呢。"

"大鹏已绝迹几万年，它留在世间的只有这一颗线球，所包含的不过是它身上一根羽毛的能量。这颗线球只能消除你刚才兴起的那种程度的龙卷。所以，焚轮神，你最好安分一点，若要惹事，我无能为力。"

"谁说我要惹事，"颓不满地说，"我只是一个浪迹天涯的旅人罢了。"

"你们风神个个都是'浪迹天涯的旅人'，"喜鹊已经变作人形，揉着刚才摔疼的屁股，站得远远的，"你不正是最爱惹事的那个'旅人'吗？"

"你这么说太不公平了吧，"颏又有点激动起来，"是，我确实惹过很多祸，可要论为害一方的能耐，明明我的表哥飑才是老大。你们知道以前的古人给他取了什么绰号？叫他'惧风'，恐惧的惧！可见人类有多怕他！凭什么你们所有人都不敢指责他，就只针对我！"

"因为你一无是处嘛，"喜鹊跟他又拉开了一点距离，这才说道，"飓风神虽然也给人类制造了很多天灾，可是人家还带来雨水呢，每到人间干旱的时候，他一来就能解决大问题，你呢？你就只会惹祸，能解决什么问题？"

颏无言以对，转身冲到楼上去了。

一边收拾地上的各种散乱碎片，柏子高一边数落喜鹊："你为什么要惹他？你不知道他很难自控吗？"

喜鹊虽然理亏，嘴上却不服："我哪儿想得到，他好好地坐在屋子里也会失控。"

"可是，你有没有发现，风停止的时候，他困惑的表情不像是装的，好像真的不知道自己做过什么。"

"所以大家背地里才叫他'疯子'嘛,明明干了那么多坏事,却总是显得比谁都无辜,"喜鹊把一堆玻璃碎碴扫进簸箕,"真是无可救药。"

在楼上的客房里,颓背抵着门坐在地上,双手抱膝,一脸沮丧。

3 又来了一个surprise

第二天，白小奇和白小丽都来到了柏子高家。白小奇说，今天爸爸只允许他看一小时漫画，白小丽负责准时把他带回家。

走进客厅，白小奇和白小丽就看到沙发里窝着一个满头黄发的人，正抱着《上古英雄谱》第一部的合订本，全神贯注地看。

白小奇悄悄对白小丽说："那个就是昨天刚来的美国客人。"

颓伸了个懒腰："什么美国客人，我是中国的好不好。"

"叔叔早上好。"白小奇连忙打了声招呼，对与柏子高有关的人他都特别礼貌，"你也爱看《上古英雄谱》？"

"我无聊随便翻翻。这些故事一点意思也没有，还没有茶楼里说书的说得好呢。"说着，颓把手中的漫画书扔到沙发角落里。

白小奇见他贬低柏子高的漫画，脸上的笑意顿时消失了："你不是柏先生的朋友吗？你怎么能这么说他呢！"

"朋友？哈，"颓干笑了一声，"我谁的朋友也不是，柏先生大概也不觉得和我是朋友。哎，我说小朋友，你怎么又来了？你自己没家吗？"

白小奇气得把声调提高了八度："你管我有没有家！你说柏先生的故事不好，你自己会写吗？"

"哟，我要批评冰箱质量不好，还得自己会做冰棍儿啊？"

柏子高皱起眉头："你跟小孩较什么劲？"

"你自己不会写故事，就别乱批评别人！"白小奇不依不饶起来。

"谁说我不会写？"

"那你倒是讲讲啊！"

"嘿，我就不信了，我走南闯北，见多识广，讲故事的本事还能输给他？"颓一指柏子高，"你们坐下，我这就给你们讲一个发生在北宋的故事，保证你们没听过。"

白小奇跳上了沙发朝他一瞪眼："讲。"那意思，你讲得不好我可不答应。

颓把腿盘起来，一撸袖子，眼睛扫视了一下屋子里的人，清了清嗓子说道："行，那我可就讲了。那是在北宋的熙宁九年，也就是公元1076年，那时候，我啊……"

"你等会，"白小奇打断他，"那时候有你什么事儿？那不是古代吗？"

颓愣住了，正不知道该怎么回答，白小丽哼了一声："讲故事用第一人称，可以增加故事的真实感，你语文课上没学过？"

白小奇没了底气："我……当然学过！"

颓顺势说道："那就好好听着，别打岔。熙宁九年的夏天，我记得，那是一个特别热的七月——农历七月，相当于公历的8月——天上的太阳好像个火炉子，特别热，很久又没下雨了，因此，天气显得特别干热。我去蓬莱海上玩了一趟,回家的路上,我遇到了一个人……"

"谁呀?"白小奇天生对故事没有抵抗力,已经被吸引住了,不自觉地问道。

"那个人是我的表兄阿飔。他平常住在海上,有时候会到陆地上来,夏秋常来,冬春偶尔来。我跟阿飔有一阵子没见了,既然这么巧遇到,就相约一起去附近村镇逛逛。那天恰逢立秋,当地正在举办社日的祭祀,非常热闹。家家户户都把自酿的酒拿出来,在祭祀的仪式上让大家免费喝。我和阿飔不知不觉就喝多了。一时高兴,我们都忘了家族有条严格的家规——出门在外的子侄们不能喝酒。"

"为什么不能喝酒?"白小奇又问道。

"长辈说过,我们家族身负着很大责任,喝酒容易误事。"

"那你们家族是做什么的?"白小丽问。

"我们……"颓想了想,"是搞运输的。"

"运输什么?"

"运输一些……能量。"

"什么?"

"热能、水,之类的。我们家族可是非常重要的民生企业。"颉一本正经地说,柏子高在一边差点笑出声。

"哦,"白小奇点点头,"那你们从哪儿往哪儿运?"

"从哪儿往哪儿都有,我们做的是全球业务。"

"那你们这个家族生意可够大的,在宋朝就做全球业务了?"白小丽说道。

"岂止是宋朝……"颉刚提起劲头,柏子高打断他:"行了,说故事就说故事,别瞎展开。"

"这不是为了增加'真实感'嘛。那我继续讲故事了啊——话说,我和阿飓喝醉了,口无遮拦,就争论起了家中各个兄弟谁最有本事。他是家族长子,实力最强,我自然是不能跟他比的,所以我说了几句就不想说了。可他一向骄横自大,见我不说话了,还不依不饶地笑话我,说我是个无能之辈,除了捣乱什么都不干。笑话,他有什么资格说我?论脾气,他不比我狂暴吗?他捣起乱来,方圆千里房倒屋塌,人死畜亡，我和他比那就是小巫见大巫……"

"这个家族不是做生意的吗？你怎么说得好像强盗似的，还扒房子，杀人放火？你这个故事说不通！"白小奇评判道。

"我这是夸张嘛，我的意思就是说，我们都喝醉了，口无遮拦，说话越来越难听，接着呢，事情就更糟了……"

"怎么更糟了？"白小奇有些紧张起来。

"阿飑丢下我一个人走了，于是我就……"

白小奇瞪大眼睛："你就怎么样？"

颏却不再往下讲述，笑了笑说道："你的柏先生写故事不都是一回一回的吗？我的故事也是。你想知道后事如何，且听下回分解吧。"

"你什么意思？什么下回分解？"白小奇急了。

白小丽站起身："时间到了，白小奇，我奉命带你回家了。"

"什么呀，故事才讲了个开头，怎么就下回分解了呢？好歹再讲点啊！"

"行了，你赶紧回家写暑假作业吧，"白小丽不屑地说道,"这个故事一点也不好听,乱七八糟的,还家族企业全球业务呢,这不就是吹牛不上税的土味霸总漫画吗,我不喜欢。"

"你这个小姑娘,说话也太不客气了吧?"颓不满地说。

"本来就是。"白小丽说着,一把抓起白小奇的胳膊,把他拉走了。

送走了白小奇和白小丽没一会儿,门铃响了起来,柏子高去开门,门口站着的人又把他吓了一跳。"颓!"他朝屋里喊起来,"又是一个 surprise!你的阿飑表哥来了!"

4　龙卷是什么

傍晚时，白峰匆忙回家给孩子们做了一顿晚饭。饭菜刚端上桌，他便催促俩人快吃，吃完他还要回气象台继续值守。一个新的台风正在接近海岛市，估计很快就会在这里登陆，更令人紧张的是，这个台风的中心风力将会超过十四级，这已经属于强台风了。

虽然着急，白峰还是注意到白小奇心情不佳，一直耷拉着脸，手上扒拉碗里的饭，却半天不往嘴里送。

"小奇你怎么吃饭不张嘴啊？"白峰问道。

白小丽解释说："他还在为上午没听成故事生气。"

"什么故事？"白峰问，"柏先生又写新故事了？"

"不是，"白小奇一脸委屈，"是住在柏先生家的那个客人讲的故事。才听了那么一点，就不给听了。都怪白小丽。"

"是他自己胡编乱造讲不下去了，你怎么怪我呀。"

"你要不是拉着我走，我还能催他往下讲呢！现在好啦，只能等明天了。"

"一个随口乱编的故事，也能把你馋出毛病来，真是……"白小丽摇摇头。

"行了行了，你俩先别吵，小奇，给爸爸说说，是什么样的故事啊？"白峰想安慰一下气鼓鼓的白小奇，笑眯眯地说道。

"是一个古代的故事，发生在……"白小奇转着眼珠想了一会儿，"发生在北宋，宁熙……五年……"

"是熙宁九年。"白小丽立刻纠正他。

"我一下子忘了嘛，看把你得意的，"白小奇抱怨了一句，对白峰说道，"是北宋熙宁九年的故事。说有一个人，家里是送水送……什么……能量的，天太热了，在路上遇到了他的表哥，两人喝醉酒，吵得厉害，表哥把他扔了。"

白峰等了半天："完了？"

"没完啊！柏先生的朋友说到这里就不说了！说什么，且听下回分解。"

白峰笑了："这故事确实没头没脑的，也能让你这么入迷？"

白小奇挠挠脑袋："柏先生的朋友虽然说的是古代的事，却好像在说他自己的经历似的，让人感觉是他身上发生的真事，所以我才想听下去的。"

"看来这个人讲故事的水平挺高，就是编故事的水平不怎么样……不过，北宋熙宁九年这个年份，我怎么听着这么耳熟呢？"

"爸爸，北宋熙宁九年发生过什么大事吗？"白小丽问道。

"我想想……"白峰皱起眉头来思索了一会儿，"哦！想起来了，有一本古代笔记，叫《梦溪笔谈》，是北宋一个叫沈括的人写的。这本笔记记载，北宋熙宁九年，在一个叫武城县的地方，发生过一次特大的龙卷灾害。风灾之后，整座县城被夷为平地，死伤无数，灾情非常惨重，甚至无法重建。县城就搬迁到别处去了。"

"龙卷这么厉害吗？"白小奇问道，"为什么会有龙卷啊？"

"龙卷是一种很奇怪的自然现象，是因为高空的风和低空的风方向不一样而形成的——就像我们拧毛巾，一只手往左边拧，一只手往右边拧，就把毛巾拧成了一个螺旋，对吧？龙卷也是这个原理。"

"那高空的风和低空的风为什么会方向不一样呢？"

"因为……这要怎么说呢，让爸爸想想啊——说简单点，就是高空的空气和低空的空气温度不一样，冷空气往下沉，暖空气往上升，两股空气一对上，就都乱跑了，哈哈，当然，要复杂地说，就不是在饭桌上能说清楚的啦。过两天等爸爸有空了再仔细给你讲讲——哎，小奇，我发现你好像变得……"白峰发现白小奇正竖着耳朵听自己讲知识，有些意外，"变得……"

白小丽在一边冷冷地说："变得很有求知欲。"

"对！"白峰一拍大腿，"就是这样！小奇变得好学了！"他靠近白小丽压低声音说道，"这是不是也是青春期的表现之一啊？"

白小丽也小声说："才不是呢！"

白小奇没注意到他俩在说悄悄话，沾沾自喜地说："真的吗？白小丽，你总是说我不爱学习，你看，爸爸都夸我了。"

白小丽微微一笑："就是因为你平时太不爱学习了，偶尔表现好些，爸爸马上就能感觉到。"

顾不上拉开又开始吵架的两兄妹，完成晚饭任务的白峰检查过门窗，把娜娜哒应急模式等级调到最高，便赶紧出门了。

刚走到屋外，他就感觉东南风明显地大了起来，几个小时前空气中无处不在的闷热感完全消失。看来，台风的外围气流已经抵达本市。

"白老师，这么晚了，去哪儿啊？"听见有人跟自己打招呼，白峰四下找了找，原来是柏子高和两个陌生人站在花园里。那两人，一个染着黄头发，穿得很休闲，白峰猜想，这大概就是白小奇一直提起的那位美国来的客人；另一个则衣冠楚楚，神态严肃，有一种不怒而威的气质。

"我去单位值班,后半夜台风可能要正面登陆海岛市,我们得密切监测。柏先生,晚上一定要把门窗关好啊,这些盆栽可别放外边,不然明天你就找不到它们了。"白峰用手指了一圈,嘱咐道,"这次台风来势不小,说不定会突破海岛市有记录以来的台风风力极值,雨量也会非常大。"

柏子高笑着说道:"谢谢提醒。"

"这两位是你的朋友吗?"

"对,是两位老朋友,从远方来看我。"

白峰向两人点头致意,说了声"再见",便驾车离开了。

5 旋风三兄弟

衣冠楚楚的男人望着汽车远去,仿佛在自语,又像是在问柏子高:"这个人是谁?"

"他是我的邻居,一个普通人类,飓风神不必关注。"柏子高说。

"可他挺关注我呀。"

"他在气象台工作,海岛市是个滨海城市,你的到来他当然关注。"

"说起这个,有时候我也挺佩服人类的,他们刚在这世界上出现的时候,还只会摆起祭坛膜拜我,后来,有了观象台,他们就开始记录我,而现在呢,他们已经能追踪我了。"飓说。

"可是他们还不能追踪我。"颓得意地说。

飓微笑着说:"是啊,毕竟你总是偷偷摸摸的,甚是难以追踪。"

颏冷笑一声:"偷偷摸摸这个词,更适合某些敢做不敢当的人。"

"两位哥哥,"一个怯生生的声音冒出来,"原来你们已经到了。"

看到花园栅栏墙外站着一个身形瘦弱、斯斯文文的男孩,颏又惊又喜:"猋(biāo)!"

左:颏 中:猋 右:飑

喜鹊扑棱棱地从天而降，落到了柏子高的肩上，小声嘀咕："他一个人在路上走，正好被我看到。我问他要去哪儿，他说他是来找颓的，我就领他上这儿来了——扶摇神果然是风神家族里出了名的老实孩子，来了也不知道先找人打听打听，自己在城里乱转呢。"

柏子高摊开双手："好啦，三位风神大人就不要再跟我打哑谜了吧。请问，你们不约而同地来到海岛市，到底是来做什么的？"

飓慢条斯理地说道："我是来办我的差事的。把巨量热能和水汽从海洋运送到陆地，这就是我的职责，此次运送的能量特别大，所以我得亲自到场，这不需要做什么解释吧？至于我的这两位表弟，他们倒是一贯喜欢到处游荡。"

颓气得笑了起来："飓表哥说话真是有趣，合着就你有正经事？我和焱都游手好闲？"

"这是你自己说的，我可没说。"飓整理了一下原本就一丝不乱的头发，"后半夜大风雨就要上岸了，届时我会很忙，现在去小憩一下，你俩随意吧。"

"哼，"颓嗤之以鼻，"你忙什么？忙着把树弄倒，把楼房的窗户打破？忙着把广告牌吹得满天飞？忙着把城里的街道都淹掉？啊哟，你真的好忙哟。"

飓微笑道："我跟你可不一样。我体量巨大，行速缓慢，而且光明磊落，从不隐藏。自始至终，人类都可以在他们的那些'卫星云图'上把我的路线看得清清楚楚，有充足的时间做保护措施。而你呢，永远都是那么的让人猝不及防。"

说完，他干脆利落地进屋去了，没再给颓还嘴的机会。

柏子高纳闷地说："他办差事就办差事，为什么要跑到我家来'小憩'？"

颓哼了一声："这有什么奇怪的，住酒店不得花钱吗？你看看他这一身，又是名牌西装，又是名牌手表，连眼镜都是名牌，我这个表哥可讲究了，平常花钱的地方多着呢，住的方面能省就省了。风神的钱也不是大风刮来的……"

柏子高眯起眼睛盯着他："住的方面能省就省了？难道这也是你非要住在我这儿的原因？"

"我……我……"颓突然变得口吃起来，"没什么事，我也去小憩一下……"随即也快步进了屋。

柏子高又看了看焱，焱慌忙摇手："我身上有钱，如果柏皋大人这里不方便……"

柏子高连忙说道："不不，方便得很，扶摇神请进来吧。还有，现在别人都叫我柏先生，你也可以这么叫我。"

"那就多谢了，柏先生。"焱恭敬地答应道。

6　风神的规则

夜色渐深，窗外风声越来越大，屋内只能听见电器微弱低沉的运转声。

柏子高独自坐在客厅的沙发里，正在用"青羽"系统和那个昵称是"无"的人聊天。

他在对话框里打了一段文字："三位旋风神在这里，今夜怕是无眠了。"

过了一会儿，一行字跃上屏幕："飓风神是今晚的主角。"

"可我更担心焚轮神。"

"风神有自己的规则，当他们彼此召唤，力量叠加，你是无力阻挡的。"

"我只想知道，有什么办法能保护海岛市？"

"柏皋，你要明白，仙灵的能量有限，不可能什么都替人类承担。"

柏子高沉默了半天，输入了他的回复："我想试试。"

"无"没有再答话，过了一会儿，黑色头像变成了灰色，他下线了。

柏子高合上电脑，起身走出客厅，看到飓像一个修长优美的剪影站在玄关。

"飓风神要出去了吗？"他问道。

"时辰已到。"飓冷峻地说。

"你带来的能量上岸后，很快就会减弱吧？"

"是的。"

"之后，是否就该焚轮君上场了？"

飓愣住了："你说什么？"

"风神有自己的规则，登陆的台风往往会引来龙卷。比如，熙宁九年农历八月，颓就是因为你的引导，才失控摧毁了武城县，不是吗？"

飓低下头，正了正手腕上并没有歪的手表："你有什么依据呢？"

"你自己说过，人类这千百年来，变化很大。过去他们只能祭拜祈求于你，后来他们开始记录你。我检索了很多他们对你的记录，发现了一件事，你所到之处，往往会有颓的踪迹。"

飕似有所思，一言不发。

"颓说那年他在武城县遇到了你，还跟你一起喝酒，他认为是因为醉酒他才失控摧毁了武城县，但事实是，就算你们不喝酒，他没有醉，武城县也在劫难逃，是你让他摧毁了武城县。"

听了这话，飕苦笑了一下："没错，规则如此。每当我出现的时候，颓也有很大的可能出现。但熙宁九年那次把他引到武城县并导致他失控的，真的不是我。你不是能查到人类对我的记录吗？看来你查得不够仔细呀，那一年我只去过广东的潮阳县和海阳县，从未去过武城县那一带。"

这话出乎了柏子高的意料："你的意思是，颓不但会失去记忆，还会产生错误的记忆？"

"是的。"

"他所说的这一切都是幻想？"

"也不能说完全是幻想，他在武城县确实遇到了一个人。"

"谁？"

"除了我之外，风神家族里另一个能够影响到他、让他失控的人，我的堂兄泰风。"

"西风神？"

"没错，熙宁九年的夏天，就是泰风把颓从海上召唤到武城县一带的，颓也因此酿成了大祸。他因为记忆错乱，一直坚持认为他当时遇到的是我，认定是我把他灌醉，还丢下他不管，少昊长老训斥驱逐他的时候，他又责怪我没有站出来跟他一起承担责任。这不奇怪，他一直对我很不满，觉得他总是被苛责，而我又总是被纵容，太不公平。不过，实际情况是，不管我或泰风，我们对他的失控根本没有责任——这就是自古以来的'风神的规则'，和我们有什么关系？"

"为什么没有人向焚轮神解释这个'规则'呢？"

"有什么好解释的，反正不管知不知道，他都对抗不了，那又何必让他知道，不如像他现在这样，浑浑噩噩，还轻松些。"

"至少应该给他一个对抗命运的机会吧？"

飓冷笑了一声:"仙灵都这么天真吗?"

"飓风神,你说过这次你运送的能量巨大,究竟有多大?"

"用人类衡量我的标准来说,大概是十六级。"

"十六级的超强台风?这足以召唤焚轮神了吧?"

飓点了点头。

柏子高心中不祥的预感得到了证实:"所以,这一次焚轮神其实是被你召唤到海岛市的。"

飓沉默着,又点了点头。

"难怪他昨天已经失控过一次了,是你的能量在影响他?"

"从昨天开始,我的能量正在加速逼近这座城市,所以,是的。而且他的失控程度会一次比一次强烈。"

"台风和龙卷叠加的破坏力,对人类来说是难以承受的,难道你就这样眼睁睁地看着他再次制造一场灾难吗?!"

"我只负责把海洋上空的热量和水汽运送到陆地,其他的事我不会插手,也插不了手。人类的能力我很清楚，我只要从海上出发，他们对我的高度警戒就会应声启动，等我来到陆上，他们多半已做好了充足的准备。尽管现在的人类依然敬畏我，但我对他们已经没有那么大的威胁了。至于颓，没错，至今人类对他依然是束手无策，可那又如何呢？他对人类从来都是满不在乎，负罪感这种情绪，对他来说是不存在的。"

"谁说他满不在乎、没有负罪感的！你一点都不了解颓表哥！"不知何时，焱出现在两人身后，大声地说道。

"扶摇神……"柏子高看到他小小的脸庞气得发红，有些惊讶。他还从来没见过这个小天神这么愤怒的样子。

飑看着焱，就像傲慢的大人看一个小孩子："我们是兄弟，天地海洋初成之时就一起出生，一起长大，我怎么不了解他？"

"在风神之中，论力量的强大，颓表哥并不输给你，他也曾经和你一样骄傲、自信。但是，自从地面上出现了人类建造的城市村落，颓表哥就时常闯祸，人间越繁华，他闯的祸越大，你们也越来越瞧不起他，总说他乱使蛮力，毫无用处。少昊长老放逐他，风神家族也不帮他说话，不肯告诉大家，他是被你和泰风哥哥引导才去人间捣乱的，他自己什么都不知道，他从来就没有想过要伤害人类！"

"能量巨大的天神，谁没有伤害过人类？"飓冷冷地说，"能量巨大就意味着危险，但同时也应该能带来很大好处，这样才能达到'平衡'。可是颓，他既具有巨大的能量，又不能给这个世界带来任何好处。关于他的存在，你要风神家族去向少昊长老、向整个神国解释什么呢？我宁可他没有负罪感，什么都不在乎，否则，他不是活得太痛苦了吗？——好了，就聊到这儿吧，时间不等人，我必须走了。"他抬手看了一眼手表，不再说什么，打开门走了出去。

在他开门的瞬间，外面呼啸的风声顿时转化成狂风的实体灌了进来，柏子高一个冷不防，顺着风势倒退了好几步，差点撞到墙上。他望着飓大步流星地走进了黑夜中，又看了看焱，身材矮小的焱也站得很稳，连衣角和头发都没有飘起。果然，再大的风也吹不动风神。

颓从黑暗处走出来，把门关上，转身看着焱："原来我失控的秘密谁都知道，连你都知道，只有我一个人被蒙在鼓里。"

焱低下头："颓表哥，对不起，我早就想对你说出实情了，但是家族中的其他人都不同意。他们和飓表哥想法一样，觉得你对抗不了宿命，还是什么都不知道的好。可是我不这么想！颓表哥，我觉得你可以试一次！"焱几步来到颓面前，"这一次，飓表哥的能量非常大，如果你被他的能量控制，很快就会失去自我，制造出前所未有的大龙卷，后果不堪设想！你试着抵抗一次吧，颓表哥！"

"所以扶摇神这次来海岛市，就是来帮助焚轮神的吗？"柏子高问道。

"是的！"焱扭头对柏子高坚定地说，"我很早就想这样做了！"

颓似乎心动了，嘴上却迟疑着说："我……能行吗？"

柏子高从口袋里掏出一样东西塞进颓手里："焚轮神，你拿着这个，也许有用。"

颏低头一看,是那颗大鹏腹羽做的毛球。他没想到,柏子高能把这压箱底的宝贝给自己:"这太珍贵了……况且,你不是说这颗线球无法控制真正的龙卷吗?"

"有一分力就加上一分力吧,"柏子高说,"虽然线球本身的能量很小,但大鹏是天地间精神最昂扬的生灵,这线球里有它万分之一的精魂,只要你对自己有信心,说不定能激发这一丝精魂爆发更多的能量。"

焱抓住颏的手:"颏表哥,我陪你一起走出去!就像柏皋大人说的,有一分力就加一分力,我的力量都借给你!"

7　仙灵之舟

深夜 12 点，海岛市气象台的会商室里仍然灯火通明，预报员严阵以待，密切关注着卫星云图和天气实况。看目前的态势，台风很快就要登陆了。正如白峰所说，这将是海岛市有史以来正面遭遇的最强台风，此刻市区的风力已经接近十级，一旦台风本体从海上移到陆地，风力预计会达到十六级。这样的超强台风让所有人都感到紧张。

白峰觉得眼睛不太舒服，可能是盯电脑屏幕盯得太久，于是起身来到落地窗前，向外望去。这个角度，正好能看到海岛市最美的沿海公路——海湾路。平时，即使是午夜时分，这里依然不乏行人，有人来观赏夜晚的大海，有人沿着海边夜跑，有人在这里吹海风消夏祛暑。而现在，黑漆漆的夜幕下，只有狂风在翻卷一切。绵延道路两边的路灯投射出的一道道光影，照出的雨线都朝一个方向横着飞。

尽管这次台风是百年一遇，但海岛市气象局完善的灾害预警系统，还是能让人放心的。每一个市民的手机都接收了台风警报，全市网络、电视、收音机循环播放着台风的消息。所有船只都回港避风了，平常停满了车辆的路边空空荡荡。

这样的天气，应该不会有人冒险到户外来吧，白峰正这样想着，突然，就在海湾路上，一个快速行走的人影进入了他的视野。

什么情况？！他连忙贴近了玻璃，睁大眼睛仔细看了好半天，却看不到那个人影了。

"奇怪……"白峰疑惑地想，海湾路笔直向南北两头延伸，外侧就是茫茫大海，路边没有任何遮挡，如果真的有人，不可能在数秒钟内凭空消失。

"大概是我眼花把雨点看成人影了吧，路上怎么可能有人嘛。"白峰不再多想，回到电脑前继续工作了。

他不知道，那个人影是真实的，而且并没有消失，而是快速地横穿道路，跑到他看不见的防波堤下,一个猛子扎进汹涌的海水里去了。

海岛市所有的仙灵中,只有大鳖仙灵阿瑟可以潜到海面以下,因为他来自海底。

半个小时前,酣睡的阿瑟被一阵刺耳铃声惊醒。他迷迷糊糊地抓起床头柜上的老人手机,电话那头传来柏子高的声音:"阿瑟!你怎么还没加微信群!"

"怎么了?"没完全醒过来的阿瑟摸不着头脑。

"是你把我家地址告诉焚轮神和飓风神的?"

"这……柏皋,你再生气也要等天亮吧,大半夜的就来兴师问罪啊?"

"兴师问罪以后再说,你先别睡了,快去海边!"

"出什么事了?"

"今天晚上我要把焚轮神送走!"

"啊?"

"我要启动仙灵之舟!"

"啊?!"

柏子高说的仙灵之舟,就存放在肇山脚下的一个岩洞里。上古时大荒之中有一座云雨山——那山现在也淹没在海里了——山上生长着一种使人眼目清明的灵药,名叫栾树。共工撞毁不周山引发了长达千年的大洪水,留下来帮助人类的仙灵们用栾树的木材做了一条船,送给治水领袖大禹,坐这条船航行在洋洋水面上,能顺着水流的方向看到很远很远的地方。

大洪水结束后,大禹建立了新的王朝"夏"。他整天忙于政务,不再到处巡行了,栾木船被弃置在宫廷仓库里,船身上逐渐覆盖了一层厚厚的尘土。直到大禹死去,夏朝又变换了许多任君主,也没有谁再想起它。最终,柏子高悄悄把它带回了肇山。

其实,人类从未发现栾树的真正秘密。提升视觉只是它最简单最普通的用途,它还有一种神奇的功效:能赋予人极大的勇气。所以大禹在乘船去治水时,不管遇到什么样的危险,都没有感到过害怕,始终无所畏惧、勇往直前。

即使是留在人间听从柏子高号令的仙灵,也不全都赞成把栾木舟送给人类。有一些仙灵认为,平白增添与天灾对抗的勇气,将使人类失去对自然的敬畏,这可能会埋下很多未来的隐患,十分冒险。柏子高没有作过多的解释,但从收回栾木舟时起,他就将其深藏在肇山，再也没有交给人类。他还给了这条小船取了一个新的名字——"仙灵之舟"，宣告这件宝物只属于仙灵。

时隔数千年，今夜柏子高突然说要重启仙灵之舟，也难怪阿瑟吓了一跳。吓一跳归吓一跳，忠心耿耿的阿瑟还是立即冒着暴风雨赶到了海湾路，从这里下海游去存放栾木舟的山洞了。

8　终点就在台风眼

凌晨1点钟的时候,白小奇被风吵醒了。他翻了个身,发现自己睡前忘记拉上窗帘,窗外此时亮起了灯光,还在移动。看方向,应该是对面柏先生家的车库里开出的车。

这让他感到有些奇怪:"柏先生要出门?爸爸不是说过,今天晚上外面刮台风,不安全,不能出去吗?"他下了床往窗外看,一道道雨水不停地冲刷着窗玻璃,什么都看不清,只能隐约看见柏先生的那辆白色小车停在路灯下,显出了一团朦胧的影子,好像有人上了车,接着车就开走了。

一只手从后面拍了拍他的肩膀,白小奇吓得一回头:"白小丽!你大晚上的出点声行不行!"

"你也看见柏先生和他的朋友们出去了?"白小丽问。

"朋友们?"

"对呀,柏先生把车开到路边,三个人上了车,那个美国来的黄头发,那个总穿黑色衣服的小哥哥,还有一个比黑衣服小哥哥稍微大一点的哥哥,以前没见过。"

白小奇满脸不相信:"我什么都看不到,你能看那么清楚?"

"能啊。"

白小奇还是半信半疑,但白小丽的听力和视力特别好,这他是知道的。

"他们出去干什么呀?"

对这个问题,白小丽表情也有点茫然,随即眼神一亮:"娜娜哒跟柏先生车里的智能系统肯定能联上网,我们去问娜娜哒,看柏先生的车往哪儿开。"

"果然还得是你……哎,你不是说过不让娜娜哒打听柏先生的隐私吗?"

"那算了。"

"别算了啊,柏先生怕是不知道今晚有台风呢,还是把他们叫回来要紧!"

娜娜哒很快就连上了柏先生的车载系统,地图显示,那辆车正在向海岛市气象台所在的海湾路驶去。

"他们去海边干什么呀?"白小奇急切地问道。

白小丽一摇头:"我哪儿知道。"

"是否需要我监听车内的对话,分析一下他们出行的目的？"娜娜哒问道。

白小丽慌忙阻止："不要不要！那我们可真成黑客了。"

"好的。还有一个选项，我可以拨打柏先生的车载电话，你们直接问他。"

柏子高正在专心开车，看到有电话呼入，他示意副驾驶座上的喜鹊，喜鹊刚点了一下通话键，白小奇的声音就在车里炸响："柏先生！你怎么出去了呀！爸爸说今晚有台风登陆，十好几级呢！太危险了，不能出去的！"

坐在后排的颇抢先说道："你这个小朋友可真行，白天一大早就到处串门，现在这么晚还醒着，你不用睡觉吗？"

白小奇听出了他的声音，不高兴地说："谁说我不睡觉，我刚才被大风吵醒了！你听听，这么大的风谁睡得着！"

颇还要说话，喜鹊把他拦住了："小奇，柏先生是突然遇到点着急的事要办，我们会注意安全的，你不用担心，乖乖的啊，赶紧睡觉去吧。"用哄小孩的腔调说完这几句话,喜鹊把自己肉麻得一哆嗦。

"什么急事啊,台风警报都不管啦,爸爸说……"

"是那个……"喜鹊打断他,"画稿印刷出了点问题,我们现在不去处理,新的《上古英雄谱》杂志可就印出不来了,特别着急!"

喜鹊的话立刻让白小奇陷入了矛盾:"什么!是明天要出的暑期特刊吗?那可不能出不了啊!我等了好久了!"

喜鹊一愣,他只是急中生智随口说了个理由,"特刊"是什么他根本不知道,不过听白小奇语气,这理由管用:"可不是吗!所以我们必须马上把新的画稿送过去,你放心,柏先生不怕台风,我们这儿有两个风神呢……"话一出口,车里的人都惊住了,白小奇以为自己没听清楚:"你说什么?什么两个风神?"

喜鹊意识到自己说漏了嘴,慌忙找补道:"两个风神护身符!我去很有名的大庙里求的,可灵了!"

"你那是迷信!不能信!我爸爸说台风天特别危险,"白小奇大声强调,"我不管,你必须保护好柏先生！"

喜鹊无奈地说道："好，我保证柏先生会安全回家，也保证你明天能准时看到——嗯，暑期特刊——这样行了吗？"话音刚落，焱就朝他招手，示意颓不对劲：不到1分钟前还在说笑的颓脸色变了，眼神也变得有些涣散，额头上冒出一层汗。

喜鹊心里叫了声"不好"，立即挂断了和白小奇的通话，转过身呼唤道："焚轮神，你坚持住！"

颓晃了晃脑袋："我有点迷糊……"

"我们离台风能量越来越近了，颓表哥受到的控制也越来越强了。"焱焦急地说。

"扶摇神，你能帮焚轮神控制住自己吗？"

颓摇着头："焱已经把他的能量全部转移给我了……不行……我……还是……"

喜鹊这才注意到，焱的脸色也苍白得很。他不知所措地看向柏子高。

柏子高把车停下，拿出手机查看了一下："这是海岛市气象台的手机软件，可以看到实时的卫星云图。现在的卫星云图显示，台风已经靠近了海岸，而且,"他把手机屏幕拿给颓看,"台风眼还很清晰,这是最好的时机。焚轮神,从现在开始,你必须对自己有信心。所有外力的支持,不管是扶摇神的能量,还是你手中的大鹏羽球,或者是我等一下要交给你的宝物,如果你对自己的信心不够,都是无法起到作用的。你明白吗?"

颓艰难地点了点头。

"好。阿瑟在那里等着呢,下车。"

阿瑟死死地抱着栏杆坐在路边,任凭大雨浇在身上,满头乱发被风推过来卷过去,模样狼狈不堪。远远地看到柏子高几个人走来,他赶紧腾出一只手打招呼:"柏皋!我在这里!"

柏子高直接忽略他,扶着栏杆向外张望:"仙灵之舟呢?"

阿瑟斜了他一眼:"我大半夜地潜到海底容易吗,你也不问问我怎么样了。"

"你能怎么样,大壑仙灵在海中潜水才算是正常行走吧?"

"我还拖了那么大一个船呢!"阿瑟往海上一

指,"喏!"

众人随他手指方向望去,刚才还一片黑暗的海面上,浮起了一条船,之所以能看出是船,是因为那船周边的海水在发光,蓝荧荧的。蓝光中的船如梦似幻随汹涌波涛向海岸漂移而来。

"刚才你们没到,我把船藏在水下了。乌漆麻黑的怕看不清楚,我弄了点海萤照亮。"

海萤是一种生活在海里的浮游生物,会在海水中发出蓝色冷光,人类特别喜欢这种小生物,尤其是它们大片聚集的时候,总会吸引大量游人来观赏。大壑仙灵指挥海中生物,就像牧羊人管理羊群,是看家本领。

"阿瑟,你这回办事挺聪明。"柏子高夸奖道。

"在海里我还真是比在陆地上脑瓜灵,我自己都感觉到了。"

"难为你了啊!"柏子高感慨了一句,对颓说道,"焚轮神,那是我们仙灵用云雨山的栾木做成的宝船,对你会有帮助的。你乘船一直往外海走,只要到达台风眼,就可以脱离飓风神能量的控制,自由地离开了。"

与天气之神同行

"为何呢?"喜鹊问道,"台风眼不是台风的中心吗?那里能量不应该是最强的吗?"

"台风眼确实是台风旋涡的中心,但台风的能量都在气流里,这个中心内没有空气的流动,是能量的真空。颏表哥进入台风眼后,只要能突破大气的压力一直往上飞,就可以飞出台风了。"焱解答道。

颏露出为难的表情:"我……我好久都没有自己飞了……"

焱鼓励他道:"你能飞!你只是忘了!"

"万一我进入台风后变得不清醒了呢?那会发生什么?"

几个人都不说话了,他们也不知道会发生什么。

"不会发生什么,无非就是和过去一样,你又失去了自我意识,糊里糊涂地在这个城市里搞一场大破坏——也可能不止一场。"一个冷冰冰的声音说道。

众人回头一看,原来是飓。

"飓表哥,你不帮忙就算了,为什么还要这样挫颏表哥的志气!"焱不满地说。

"我只是让他不要对自己抱有过高的期待,再说,"飓看看手腕上的表,"时间可不等人啊,你们这可笑的尝试要是还不开始,那很快就要结束了。"

颏纵身一个飞跃,跳到了那条船上,朝岸上的人们一拱手:"各位,我走了,不管这次我能不能成功,各位的相助之恩我记在心里了。"

飓冷笑道:"那也得你能记住才行。"

颏没理他,转身坐下,高举起一只手,仙灵之舟调转方向游动起来,不断加速,很快远去。

"颏表哥在驱动风,他有能力控制自己!"焱惊喜地说着,看了飓一眼。飓却面无表情,冷淡地望着前方。

9 起飞吧!

"我们现在,就这样等着?"喜鹊毫无意义地甩了甩头发里的水,小声地问。和那三个不受风雨影响的风神不同,三个仙灵浑身上下连脚趾头缝里都已经湿透。喜鹊法力最弱,更是被吹得七荤八素,快站不住了。

"焚轮神驱动的风速很快,台风眼周围风力虽然是整个台风体中最强的,也不会对他这样的风神造成阻碍,一会儿工夫,他就可以进入台风眼了。"柏子高说。

喜鹊又捋了一把脸上的雨水,忍不住更小声地嘟囔:"……那我可以去车里等吗?"

柏子高没回答,看他一脸凝重,喜鹊也没敢再说什么。

尽管从海岸到台风眼的距离有数百千米,而且隔着黑暗的雨幕,但对于仙灵和天神来说,这并没有超出视力可及的范围。没过多久,柏子高等人就都看到了,木船停了下来,颓静静地坐在船上,一动不动。船身也不再剧烈摇晃,显然,颓已经到达了风平浪静的台风眼区域。

此时,气象台会商室的气氛依然绷得很紧。白峰看着呈现卫星云图的屏幕,眼神里满是疑惑。

"白工,"一个年轻的预报员走过来,"有点奇怪啊,这台风怎么在海面上停下了?"

"嗯,"白峰捏着胖乎乎的下巴思索着,"是有点奇怪。"

等了 10 分钟左右,颓依然毫无动作,焱有些焦急了:"怎么还不飞起来啊!如果台风眼消失了,颓表哥就很难飞出去了!"

"台风眼还会消失?"喜鹊惊讶地说。

"当然,"飚说道,"所谓的'台风眼'只是气流高速旋转而形成的中心,一旦登上陆地,风速减慢,中心自然就会消失。在这么短的时间里,让颓挑战存在了上亿年的风神规则，呵呵，真不知道你们是怎么想的。"

喜鹊和阿瑟看向柏子高，柏子高无奈地说："能做的，我们都做了。"

又过了一会儿，颀终于缓慢地站了起来，几个人都同时扑到了栏杆上，伸长了脖子望着他。飓站在他们身后，神情也变得格外专注。

只见颀微微佝偻着身体，像是肩负着千钧重量，整个后背都绷紧了，一道道电流开始在他身体周围环绕穿插，闪闪发光，仙灵之舟的蓝光轮廓也越发灿烂鲜明，好像那些海萤都通上了高压电，变成了熊熊燃烧的蓝色火焰。

阿瑟不禁赞叹道："看看这风中闪电，多有力量！那果真是焚轮神啊！"

"你这话什么意思？"喜鹊问，"不是焚轮神还能是谁？"

"你年纪小，不懂。我自鸿蒙初开时就认识焚轮神，他是当之无愧的风之王者，天地海陆之间，无拘无束，纵横往来，潇洒至极。后来，因为他把人类害得不轻,名声越来越差,都说他是魔,是怪,他白眼吃多了,心灰意冷,干脆故意装得玩世不恭疯疯癫癫的,躲着所有人,精神也不复往日喽。"

"阿瑟,看不出来,你还是焚轮神的'粉丝'。"

"我是……粉丝?我有那么细吗?"

"什么呀,英文,fans,就是狂热仰慕者的意思。"

"你连英文都懂啊!"阿瑟露出羡慕的表情。

喜鹊搂住他的肩膀笑道:"阿瑟叔叔,回头我给你带点鱼油,补脑的。"

柏子高突然指着海面:"看,焚轮神要起飞了!"

所有人的目光都集中到了远方的颊身上,只见他微微下蹲,像一个运动员摆出了起跑的姿势,猛然腾身而起,垂直向上冲天而去,转瞬间不见踪影,留下空空的仙灵之舟摇晃不止。

漫长而安静的数秒钟后,猋跳了起来:"哇!哈哈哈!颊表哥飞走啦!成功啦!"

柏子高、喜鹊和阿瑟也都欣慰地笑了。飓依然面无表情,发现其他人都在看着自己,他便抬起手看表:"时间差不多了,我的能量该登上陆地了,你们几位请回吧，路上注意安全。"

回到车里，喜鹊一边擦头发一边问："焚轮神去哪儿了？"

"去他真正想去的地方了吧，至少此刻他是自由的。"柏子高说。

猋真诚地说："柏皋大人，多谢你相助，如果没有大鹏羽球和仙灵之舟，颓表哥应该没那么容易脱离飑表哥的能量控制。"

柏子高微微一笑："扶摇神言重了，其实，对焚轮神来说，真正重要的并不是大鹏羽球和仙灵之舟。"

"那是什么？"

"是信心。他对自己的信心，还有，"柏子高望着窗外，飑站在狂风中安稳不动的身影，依然像一个修长优美的剪影，"同为风神的兄弟们对他的信心。"

猋也望向了窗外："柏皋大人，这次我来海岛市真是来对了，不仅帮到了颓表哥，也重新认识了飑表哥，看到了他的一片心意。"

"飑风神？"喜鹊没听懂他的话，"飑风神不是一直对焚轮神冷若冰霜漠不关心吗？说实话，他高高在上的样子真是叫人讨厌。"

"飓表哥就是那样，对谁都是，"焱笑着说，"可是啊，他大概是最希望颓表哥能够战胜那个'风神规则'的人吧！"

"你怎么看出来的？"喜鹊还是没懂。

柏子高替焱回答道："台风移动速度非常快，但我刚才一直关注着卫星云图，焚轮神在台风眼里蓄力待发的那10分钟，台风并没有移动。"

"噢！"喜鹊恍然大悟，"原来，飓风神到底还是出了力！"

柏子高笑了笑："能做的，他都做了。"

"不对啊，"喜鹊忽然发现车里少一个人，"阿瑟呢？"

柏子高发动了车子："得有人去把仙灵之舟收起来呀。二位系好安全带，我们还得顶着大风回去呢。"

远离风暴的深海，阿瑟躺在仙灵之舟里，捧着一把海萤玩得高兴。"什么时候才能回大壑啊，我都在人间卖了几千年的酒水了，现在还要卖咖啡，卖面包，卖汉堡包，柏皋还要我卖奶茶……这工作真累，唉……"他喃喃自语着，随木船向海底坠去。

10　把故事讲完

台风登陆几个小时后就迅速减弱了，到了白天，就只断断续续地下着阵雨，风也小了很多。海岛市不少街道因为行道树或路灯杆被吹倒而封闭，也有不少地方遭受了内涝，有的楼房停电停水尚未恢复，到处都在抢修，忙碌而井然有序。

白家门前也有一棵小树被风拦腰折断，挡在了路上，物业忙着挪树，白小奇和白小丽坐在窗台上看热闹。看着看着，白小奇突然想起了什么，扭头问白小丽："昨天晚上柏先生他们是什么时候回来的？我后来睡着了，没看见。"

"哼，你还说什么，'我太担心柏先生啦，不等到他回来我可不睡呀'——结果不到半个小时你就呼呼大睡了，柏先生回来的时候，我推你都推不醒。"

白小奇连忙跳下地:"那我要去柏先生家了,今天的特刊到底能不能出,我还惦记着呢!"

白小丽跟着跳了下来:"我也去。"

"你去干什么?"

"我去看柏先生,才不跟你似的,心里就想着你的特刊。"

"我也关心柏先生啊,"白小奇很不服气,"我嘴上没说罢了。"

两人来到柏子高家,开门的是喜鹊。

"哦,小奇小丽呀,"喜鹊热情地说,"怎么样,昨天台风那么大,没把你们吓着吧?"

"吓着我?那怎么可能呢,"白小奇挺起胸脯,踮起脚尖凑到喜鹊耳边压低声音说,"不过白小丽就不一定了,估计她听着风声都睡不着。"

柏子高跑出来把白小奇、白小丽迎进客厅:"孩子们好啊,今天还是小丽负责把哥哥带回去吗?"

白小丽说道:"柏先生,你的朋友已经走了吗?"

柏子高一愣:"你怎么知道他走了?"

"我……"白小丽被问住了,她看了看周围,

"我只是感觉他好像不在这里。"

柏子高微笑道:"哦,是感觉啊,那你感觉很准,他确实已经走了。"

白小奇有点不高兴:"那个黄头发的家伙怎么这样啊,故事讲一半就走了,真不负责任。"

"他那个故事我听过,我可以继续讲,要不要听?"柏子高说。

"要!要!"白小奇蹦到沙发上,"快讲吧,柏先生!"

白小丽也坐下了:"虽然那个故事不怎么样,不过听个结果也行。"

喜鹊走了进来:"那我也听听呗。"

柏子高等他们都坐好,就说道:"其实,我这位朋友讲的是个奇幻故事,主人公并非凡人,而是一个天神。这个天神掌管一种神奇的风,这种风在古时候名为'焚轮',现在一般叫作龙卷。龙卷的神自己也有名字,叫颓。"

"龙卷?爸爸昨天正好给我们讲过。"白小奇说。

"这个故事里所说的家族,就是风神的家族,风在地球表面流动，运送水汽和热量，这就是他们的'家族生意'，很形象吧？水汽和热量可以说是这个世界的生命之源，如果没有风，地球上很多地方就不会有水，更不会有生命存在。

"我就按我那位朋友的方式，以故事主人公的视角来讲故事吧。焚轮神，也就是故事中的'我'，龙卷之神颓，原本是一个非常自信的人，因为他拥有极其强大的力量，但是，由于他一旦出现，就会给人类生活的世界造成灾难，所以人类都恐惧他，憎恨他，他的族人也因此不愿和他为伍。颓想过很多办法，试图控制自己的力量，不要去人类世界制造灾难，但都没有成功，他总是会不由自主地失控。北宋熙宁九年农历七月某个炎热的午后，他在武城县又失去意识了。当他醒来时，才发现自己已经把整个武城县变成了一片废墟。"

白小丽说："昨天的故事里，不是说到他在武城县遇见了他的表哥阿飔，还跟他表哥喝酒了吗？"

"小丽的记性真好，"柏子高赞叹说，"阿飔也是天神，掌管的是台风，就是今天凌晨登陆海岛市的台风，台风古代的名字就是'飓风'。颓认定他在武城县遇到的是飓风神。武城县被毁的惨状，让他很内疚，同时，神国的许多天神们也对颓很不满，经一致决议，他们把颓赶出了神国。从那时起，颓就去了很远很远的西方，在那里孤独地生活，再也不和他的风神兄弟们来往了。"

"那飓风神呢？武城县发生龙卷的时候他不是也在吗，他没事？"

"焚轮神记错了，他在武城县遇到的不是飓风神，而是他的另一个表哥泰风神，泰风就是西风。"

"这焚轮神怎么还记不住人呢？"白小奇很奇怪。

"因为他当时已经不清醒了。在风神的家族里，有一条只有他不知道的'规则'，那就是——飓风神和泰风神的能量会使焚轮神失控。"

"哦！"白小奇恍然大悟，"所以焚轮神才不知道该怎么控制自己，因为全是别人在控制他！"

"一点都没错。"

"那这焚轮神也太倒霉了，他是不由自主才做了坏事，大家却只觉得他是个坏人。"

"是啊,'风神的规则'就是这样,谁也不能反抗。别说他没办法,就是飓风神和泰风神也没有办法。"

"柏先生,听爸爸说,昨天的台风就特别大,是最大的那种,那会不会让那个焚轮神失控啊?我们这里会像武城县那样发生龙卷吗?"白小奇紧张起来。

"这就是个奇幻故事,你那么当真干嘛?"喜鹊笑着说。

"可是这个故事还挺符合科学道理的。"一直没说话的白小丽说道。

"是吗?"柏子高装出惊讶的样子。

"是的,我在爸爸的书上读过,龙卷分为西风带龙卷和台风龙卷,西风带龙卷的发生受西南季风或西北季风的影响,台风龙卷的发生受台风影响,这不就是故事中说的飓风神和泰风神控制焚轮神吗?"

"小丽,你太厉害了!"柏子高此时的惊讶真不是装的,在昨夜之前他都不知道这个知识。他心想,白小丽的智力再继续发展下去,精卫觉醒的时刻很快就要到来了。

"白小丽是个大书虫,"白小奇用手比划着把东西送到嘴边的样子，嘴里发出咀嚼声，"把书当牛排啃。"

"呵。"白小丽给了他一个白眼。

"柏先生，这个故事完了吗？"白小奇问。

"后面还有呢，"柏子高想了想，"在风神家族里，有一个纯真善良的小风神，他掌管的是地面上因为受热而产生的旋风，这种风古代的名字叫'扶摇'，和焚轮正好相反，焚轮，也就是龙卷，是从上向下，而扶摇是从下向上。扶摇神的名字叫焱，焱知道焚轮神失控的真正原因，一直想帮助他改变。终于有一天，在飓风神即将把一场超强的台风带到陆地，焚轮神被这股强大的能量引导而来、很可能就要酿成新的灾难的时候，焱把事实真相告诉了焚轮神，还把自己的能量借给焚轮神，鼓励他对抗那个'风神的规则'，最起码努力一次，就算失败也不会留下遗憾。"

"那……焚轮神敢尝试吗？"白小丽问。

"焚轮神曾经很消极，觉得谁都不信任他，看不起他，但是扶摇神的支持让他鼓起了勇气。"

"扶摇神真好……白小丽，你瞧瞧人家的兄弟，"白小奇怼了白小丽一记，"再看看你，整天就知道打击我。柏先生,后来呢?焚轮神战胜了'风神的规则'吗?他以后是不是都不会被他那两个表哥控制了?"

"自然规则是没那么容易战胜的,就算这一次成功了,下一次也未必能成功,这就是客观规律,"柏子高说,"但不管怎么样,至少焚轮神知道了真相,并且勇敢地去面对了,这就比一直糊里糊涂地活着强。"

白小奇和白小丽异口同声地说:"那可强多了!"

说完,两人互相看了看,笑了起来。

"你们两个也有看起来感情很好的时候呢。"柏子高微笑着说。

白小奇欢快地搂住白小丽的脖子:"那可不,白小丽除了讨厌的时候之外,其他时候还是挺可爱的。"

白小丽笑了一下:"嗯,你除了可爱的时候之外,其他时候都特别讨厌。"

"要不咱俩是兄弟呢!"

"你有没有常识啊,我们的关系叫兄妹!"

柏子高看着他们嬉闹,脸上露出欣慰的笑容。

11 尾　声

暑假结束的前夜，想到白小奇明天就要去上学，总算不会再一早来报到了，柏子高感到十分轻松，决定第二天睡个久违的懒觉。虽然他也和其他仙灵一样，本应随太阳起落作息，可是融入人类实在太久，他身上的很多习性都改变了，晚上熬夜早上睡懒觉就是其中之一。

入睡前他特地打开二楼卧室的窗户，微信通知喜鹊明天可以飞进来，不必绷着人形摁门铃，免得他还要起床开门。

可惜，白打了一晚上的算盘，第二天早上 7 点，柏子高就被视频电话的铃声惊醒了。打开一看，原来是颃。视频里，颃正站在一片旷野上，沐浴着灿烂的阳光，看起来很惬意。

"柏皋,"颓把手机转了一圈,"看看,这地方怎么样,美不美?"

柏子高发现他身后不远处还站着一个人,身形轮廓有几分眼熟:"你和谁在一起?"

"你眼睛不是挺尖的吗,认不出?那是泰风啊!"颓回头喊了一声,那人转过来向手机镜头招了招手,柏子高看出那的确是西风神,他和颓都穿得防风防晒,像是在玩徒步越野露营。

"你和西风神为何在一起?"柏子高想起"风神的规则",心中一震。

"他召唤我呀,你不是知道吗,现在我也知道了,"颓笑着说,"我从海岛市离开还没多久,就被他召唤到这里来了,这远远近近的就是石头山,没有什么人烟,还好有手机信号。"

"焚轮神,你还好吗?"柏子高担心地问。

"没事,我再努一把力,能不失控就不失控,"颓拍拍胸口,"我有信心,就算这次不成功,下次我也还要争取成功。"

柏子高笑着说道:"那就好。我祝你成功。"

一 风的勇气

"对了,趁我还没失去意识,我赶紧跟你说一下——我留在你那儿的那几个行李箱,你发个快递给我寄回美国吧,地址我一会儿发给你。"

"你说什么?寄国际快递?"

"啊?你大点声!"

"那么多箱子,你让我给你寄国际快递啊?"

"什么?哎呀,信号又不好了,听不清楚……就这样吧,多谢啊柏皋,就咱们这交情……"

"我们有什么交情?"

"不说了,这信号真不行,仙灵之长,有机会再见吧!"

说完他就把视频电话挂了。

二 彩虹游乐园

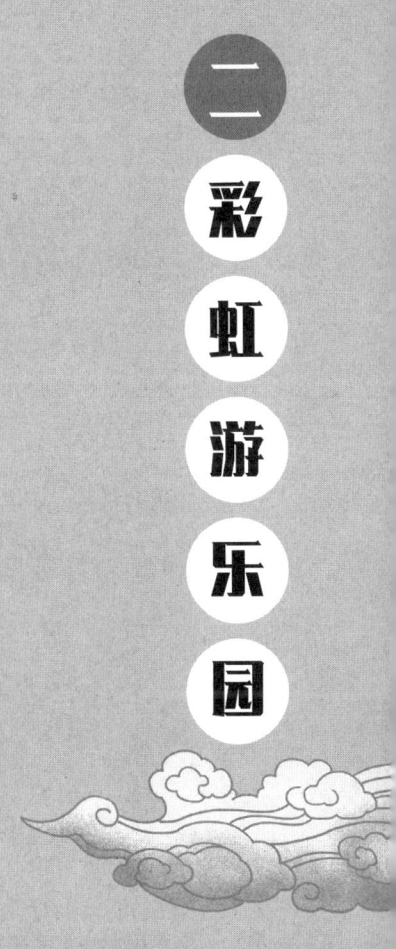

1 白小奇"受伤"了

这天放学后,白小丽一个人回了家。娜娜哒很奇怪,便问她:"小丽,正常情况下你都是和小奇一起回来的,今天发生了什么?"

"没发生什么,"白小丽慢条斯理整理着书包,"今天白小奇被他的班主任留下了,爸爸都被叫去学校了。"

"为什么,他违反课堂纪律了吗?"

"没有。"

"他这次单元测验不及格?"

"很勉强地及格了。"

"那他为什么被'催人老'留下?"

白小丽一愣:"你怎么也管崔老师叫'催人老'啊?"

"是小奇给我输入的指令,规定提到他班主任崔大力的时候一定要叫'催人老'。"娜娜哒说。

"瞧他那点儿出息,就会输个指令,还瞎输,待会儿我给你改过来。"

"小奇到底犯了什么错误?"

白小丽哼了一声:"他?他把警察都招来了!"

崔大力的办公室里,白峰规规矩矩地坐在椅子上,偶尔偷偷瞥一眼站在身边的白小奇,眼神直冒火星。半个小时训话后,崔大力手握保温杯,终于语重心长地说了结束语:"小奇爸爸,我知道你和小奇妈妈工作很忙,但是做家长的,平时还是要关心一下孩子的心理健康啊。"

白峰站起来,"对对,崔老师您说得对。但是白小奇他这次确实是好心办了坏事,"看到崔大力犀利的目光直射过来,白峰又慌忙改口,"孩子的心理健康应该关注,是我们做父母的忽视了……小奇,你快给崔老师道歉,看看你把老师折腾的!"

白小奇耷拉着脑袋,一声不吭。

崔大力一挥手:"算了,我也并不是说小奇同学做事的初衷不好,但是,做好事要有好的方式。在路上遇到走失的儿童,能够主动去关心帮助,这很好,可发生这样的意外情况,你要及时告诉老师的嘛,非但不报告,还跟着小孩乱跑,那不是……"

"那不是添乱吗!"白峰瞪了白小奇一眼。

"就是!"崔大力说,"人家爸爸到处找孩子!"

"我没有跟她乱跑,我是在帮她找妈妈!"白小奇抬起头不服气地说。

"你还帮她找妈妈,你自己都差点迷路了!你是小学高年级的学生,是大哥哥,自己就一点主见都没有?怎么能让一个五岁小孩带跑了呢?"崔大力一提这事就来气,接着对白峰小声说:"那孩子的妈妈已经去世了,孩子太小不理解,总以为妈妈还活着,在什么地方,那都是她的幻想。"听了这话,白峰沉重地点点头。

回家的路上,白峰看了看后视镜里白小奇那张郁郁寡欢的脸,安慰道:"小奇,崔老师是担心你,才对你那么严厉的,你知道为了找你,崔老师都急成什么样了。"

白小奇望着黑沉沉的车窗外没有说话。

"你也不用想太多,那个孩子没事,她爸爸接她回去了。"

"爸爸。"白小奇突然说。

"嗯?怎么了?"

"你知道彩虹游乐园吗?"

"彩虹游乐园?"白峰想了想,"没听说过。你想去游乐园玩?那还不好办,等爸爸妈妈忙过这一段,带你和妹妹去上海迪士尼乐园,或者北京环球影城,怎么样?海岛市的蓝海欢乐城也很不错嘛,听说里面有很多游乐设施,天上地下飞的转的都有,你想去吗?"

"我只想找到彩虹游乐园。"

白峰很惊讶:"为什么,那个彩虹游乐园在哪儿?有什么特别好玩的项目?小奇,今天到底发生什么事,你能跟爸爸仔细说一说吗?"

白小奇摇摇头,眼睛仍然定定地望着窗外。

晚上,白小奇连晚饭也没吃,把自己关在屋里了。白峰不敢强行去敲门叫他出来,家里只有宁小萌才有这样的权威。他和白小丽坐在餐桌前边吃边聊,但白小丽对今天学校究竟发生了什么也是云里雾里,只知道是上午体育课出的事。当时白小奇的班级被体育老师带到校外的海边公路上跑步,等他们回来的时候,再点名就不见白小奇了。

"崔老师立刻就蹿出去了。"白小丽喝了口茶说。回想起崔大力狂奔出校门时那一头在风中飞舞的头发,她有点憋不住笑。崔大力头顶"地中海",全靠鬓边留起的长头发拢成一个罩子遮住秃顶,罩子被风掀翻后,情急之下他也顾不上盖回去,就那样"披头散发"跑过校园。幸好他奔跑速度快如闪电,也就是白小丽眼力超群,能看得清楚。

"后来你哥是怎么被找回来的?"

"是警察叔叔带他回来的。崔老师和他们班的体育老师跟在后面,体育老师都快哭了。爸爸,今天白小奇到底去哪儿了?"

"崔老师跟我说的事情经过是这样的,你哥啊,他……"白峰还没说完,白小丽突然拿胳膊肘推了推他,他一看,原来是白小奇站在楼梯口,立即闭嘴,

"小……小奇啊,你下来吃饭啦?"

"不想吃。我到柏先生家看漫画去。"白小奇走到门口,一边穿鞋一边随口说道,穿好鞋他就径直出门了,甚至没给白峰留下说"好吧"的时间。

"你哥现在为什么一生气就去找柏先生?"看着白小奇飞快跑向对面柏先生的房子的背影,白峰满脑袋都是问号,"他有事就不能跟我好好说说吗?"

"根据我的统计,他现在平均每星期能看见你的次数,比看见柏先生少一半。"站在桌边准备收拾碗筷的娜娜哒说。

"看见妈妈的时间就更少喽。"白小丽丢下这句话,转身回自己房间去了。

柏子高以为白小奇真的是来看漫画的,可是观察了半天,他发现白小奇一点也不像平时,以前都是恨不能一头扎进书里去的样子,今天眼睛盯着漫画书,半天也不翻一页,似乎有什么心事。

"小奇,"柏子高好奇地问道,"你在想什么呢?"

白小奇沉默了一会儿,抬起头盯着柏子高问道:"柏先生,你在海岛市住了多久?"

柏子高愣住了，白小奇这么问是什么意思？难道他识破自己的身份了？

他迟疑着说道："我……从小就住在海岛市，已经很久了……"

"那你一定知道彩虹游乐园了？！"

"彩虹游乐园？"柏子高一脸疑惑。

"你怎么跟我爸爸的反应一样啊？"白小奇失望地说，"你也不记得那个游乐园？"

"我记得海岛市以前确实有一个游乐园。说是游乐园，其实只是个很小的公园，连名字也没有。公园里竖着一个摩天轮，因为刷成了赤橙黄绿青蓝紫七种颜色，远远望去像一把张开的彩虹伞，大家都叫它彩虹摩天轮。你说的彩虹游乐园，难道就是这个小公园？"

"那这个小公园在哪里啊？"白小奇两眼放光，急切地问。

"那是上世纪90年代建成的公园，早就拆了。"

"不可能！"

"我亲眼看见它被拆掉的。"柏子高笃定地说。

因为容貌永远不会变老，柏子高每隔十年左右就得换一份工作，直到成为不需要和很多人打交道的漫画家，他才免去了这个麻烦。柳先生的"天维建筑"是他漫长的人间生涯里，曾就职过的千百个衙门、店铺、企业、单位之一。那个有彩虹摩天轮的小公园的拆迁重建，就是刚开张的"天维建筑"做的第一个项目。后来，"天维建筑"在公园的旧址上建了一个住宅小区。这些柏子高全程都参与了，他确实是亲眼看见彩虹摩天轮被放倒的。

白小奇从口袋里拿出了一张照片："柏先生，你看，这是不是那个摩天轮？"

柏子高接过照片端详了半天。照片里正是他记忆中的彩虹摩天轮，座舱里有不少人，下面也有很多游人，看着很热闹，"对，是那个摩天轮，小奇，这照片你是从家里拿来的？你爸爸妈妈小时候拍的吧？"

"不，你看，"白小奇指着照片的右下角说，"这照片是一个星期前拍的。"

柏子高本不相信，但他看到白小奇手指的地方时，脑子里却一激灵，那里有一串表示时间的字符，标记的确就是一个星期前。

"这张照片是哪儿来的？"柏子高边问小奇，边对照片更细致地查看了一番，这才发现，照片里，摩天轮附近的海面上矗立着海岛市很有名的一家海上餐厅，去年才建成开业。而在彩虹摩天轮存在的年代，别说这间餐厅了，那片海面上压根什么都没有。所以，照片上记录的时间很可能是真的。

白小奇说："照片是一个小妹妹给我的。"

"什么小妹妹？"

"今天我们班上体育课，老师带我们到海边公路跑步，我跑在最后，看见路边有一个小妹妹，靠着栏杆坐在路边，两条腿还耷拉在外面。我跑过去的时候看了她一眼，总觉得不太对劲，她身边怎么没有大人呢？等我跑出去好远，回头看了又看，我就确定了，她身边就是没有大人。我想起爸爸说过，小朋友一个人在外面待着，说不定是跟大人走散了，我就跑了回去，问那个小妹妹是跟谁一起出来的。"

"后来呢？"

"那个小妹妹说她爸爸不让她跟不认识的人说话，说完就不理我了。"

"看来这个小妹妹也挺懂事啊。那你怎么办？"

"我兜里有好吃的，给了她一颗奶糖，她就愿意跟我说了。"

白小奇说，那个小妹妹手里捏着这张照片，说她是自己出来的，要找这个照片上的"彩虹游乐园"。至于照片的来历，她也说不清，一会儿说是爸爸给的，一会儿说是奶奶给的。但是有一件事她一口咬定：拍照片的人是她的妈妈。她很久没有见过妈妈了，爸爸告诉她，妈妈去了很远的地方，要等她长大，考了100分的时候才会回来。

"我考了100分，"小妹妹从身上背的小书包里掏出一张皱皱巴巴的卷子，"妈妈就给我寄了照片，让我去找她。这是妈妈小时候就喜欢去玩的彩虹游乐园，哥哥，你知道在哪儿吗？"白小奇看了那张卷子，是幼儿园的拼音小测验，一共十道题。卷子上的得分栏上写了"100"，还印了一朵小红花。

"我看照片的那个地方好像挺眼熟的，就带那个小妹妹去找彩虹游乐园了。"白小奇说。

柏子高笑着说："你是忘记自己还在上课了吧？"

"嗯，忘了。"

"那不用问，你今天肯定是被老师批评了，还被叫了家长，对不对？"

"柏先生，你猜得真准。我今天可是被骂惨了。'催人老'带着警察找到我的时候，我看他特别想扇我。"

"'催人老'是谁？"

"我们班主任，姓崔，我们都叫他'催人老'。他可烦人了，平时就凶巴巴的，今天简直变成吃人老虎，上来就吼我，'白小奇！你怎么回事！上课时间你怎么还能跑了呢！还跑到校外去了，你吃了豹子胆啦？！等你爸来了你看我怎么收拾你！'"白小奇绘声绘色地学完了崔大力的训话，一脸委屈地说："明明是体育老师带我们班去的校外嘛，再说，我不是为了帮助那个小妹妹吗？我又没有做坏事。"

"小奇，你的班主任要对你的人身安全负责任，找不到你当然特别紧张。等你长大了，你就理解了。"柏子高把照片还给白小奇，"这照片为什么在你这儿？"

"我和那个小妹妹跑了海边好几个地方,都没有找到她说的彩虹游乐园。后来她说她渴了,我去给她买汽水的时候被'催人老'一把薅住了,警察还带来了小妹妹的爸爸,她爸爸把她带走的时候挺着急的,我就没顾上把照片还给她。"

"这就是你今天看最新一期《上古英雄谱续集》都看不进去的原因啊?没事,小奇,这件事你的动机是好的,只要吸取教训就行了。别再难过了。"柏子高想,白小奇大概是因为受到班主任的严厉批评,所以心情不好。

白小奇捏着照片,好像在犹豫着什么,终于鼓起勇气问道:"柏先生,你说,那个小妹妹的妈妈,是不是已经死了呀?"

柏子高有些意外,他没想到,白小奇这么执着地帮小女孩找彩虹游乐园,并不是真的相信她妈妈在等她:"你为什么这么说?"

"我……"白小奇低下头,"我记得我姥姥死的时候,我妈妈就是这么跟我说的,说姥姥去了很远的地方,说我只有学习好,考了100分,才能再见到她,跟小妹妹的爸爸说得一模一样。后来白小丽说，那是妈妈骗我的。就算我考一百个 100 分，也不能再见到姥姥了。我开始时也不信，但是……白小丽是对的。"

柏子高也不知道要怎么接他的话，好在这时白峰来叫白小奇回家，给他解了围。

柏子高又劝了劝白小奇，可是白小奇始终愁眉不展。柏子高明白，他心里还记挂着那个小女孩，为她还在寻找再也找不到的妈妈而伤感。

2 再造彩虹

白峰和白小奇走后,柏子高好像被白小奇的情绪低落传染了,也变得有点心不在焉,心里空荡荡的。

作为一个仙灵,他既没有妈妈也没有姥姥,而是大自然中的某个事物所幻化出的,他甚至不知道自己的原身是什么。他当然也有感情,有过内心的牵挂,但那种感情那种牵挂,和人类对至亲的爱似乎不完全相同。

"我真的是跟人类相处太久了,越来越像他们了吗?……这是好事还是坏事呢?"他默默地想着。

这时手机响了,他拿起来一看,是喜鹊。

"有事吗?"

"阿瑟说,蝃蝀(dì dōng,虹的别名)神两口子来海岛市了,说是趁着夏天还没结束,到海边来旅游一下。我想他俩不兴风不作浪的，也不招灾，所以应该没什么大事，还是跟你打个招呼吧。"

"这么巧？"

"巧？"

"是啊，刚才白小奇在我这里，正好跟我说起一件跟彩虹有关的事，"柏子高说着，突然灵机一动，"你把蟒蝀神带去海边，我有事求他们帮忙。"

"什么忙？"

"我想让他们造一个彩虹摩天轮！"

这天晚上，海岛市下了一夜雷雨，雷声隆隆，电光闪闪，大雨倾盆。第二天一早，太阳初升时，所有人的朋友圈都被一个消息刷屏了："昨夜突降大雨，今晨天空出现绝美彩虹。"人们纷纷开窗，果然迎面看见一条巨大彩虹矗立在西边的天空，七彩颜色清晰鲜明，仿佛触手可及。

白峰也看到了消息，他兴冲冲跑下楼，见白小奇和白小丽正在门口穿鞋准备上学，忙说道："快去看看！天上有一个好大的彩虹！"

白小奇没有什么反应，继续系着鞋带："彩虹有什么好看的。"白峰知道他还没从昨天的"打击"里恢复过来，便给白小丽使了个眼色，白小丽无奈地摇摇头，抓住白小奇的胳膊："去看吧，给爸爸一点面子！"白小奇不耐烦地想要挣脱，却被她直接拉出了门，白峰也赶紧跟了出去。

一走到花园里，白小奇就被天空的景象吸引住了。他不再抗拒白小丽的牵拉，仰头望着那条宽阔得像一条横跨天际的高速公路似的虹桥，眼里满是新奇。

"彩虹是怎么来的啊，怎么会这么大啊？"他目不转睛盯着彩虹问。

"彩虹是一种大气光学现象，是阳光在空气的水滴里发生折射和反射作用形成的。"白小丽说。

白小奇不满地看了她一眼："你又来了。"

"我这不是在回答你的问题吗？"白小丽嘲讽地说，"噢，你听不懂啊？"

"你这个复读机说的话我当然听得懂，哼！"

白峰只好又给他们打起了圆场："小奇，爸爸给你解释啊，这个彩虹呢，是太阳光照在空气中的水滴里，发生了折射和反射作用……"

　　白小奇看着他:"爸爸,你说的话跟白小丽说的不是完全一样吗?这叫什么解释?"

　　白峰也意识到了,略有些尴尬:"那……那我应该怎么解释……"

　　"你俩差不多行了吧,阳光照在空气的水滴里发生折射和反射作用嘛,我懂。"白小奇突然没了观赏彩虹的兴致,"我是没考过 100 分,可我也不是傻

二 彩虹游乐园

子，用不着解释。"说罢，他便独自出了花园的门，朝小区门口走去。

白峰连声说："完了完了，小丽啊，你哥这回是真'受伤'了，平常他可不这样！"

白小丽没说话，快步回屋把两人的书包拿上，追白小奇去了。

上午，在办公室写论文的白峰接到了一个电话："小奇爸爸，我是小奇的班主任崔大力。"

"崔老师，您好！"白峰心里一咯噔，昨天就是崔大力一通山呼海啸般的电话把他叫到学校去的，当时听说白小奇不见了，他真有点害怕，"又出什么事了？"

"没有事没有事，小奇爸爸，昨天小奇走失的事情发生得有些急，我没来得及跟您好好交流一下。今天您要是有空，我们见个面再谈一谈好吗？"

白峰看了看自己桌面上的一大堆资料，犹豫了片刻："好，我现在就去学校。"

"您不用到学校来，要是被白小奇看见，怕他心里有负担。晚上咱们约个地方，像朋友一样聊聊吧。"

与此同时，正在上课的白小奇一只手支着腮帮子，歪着头懒洋洋地望向窗外。远处就是大海，蓝天上飘浮着白云。早上的彩虹已经消失了，泛起阳光斑点的海面十分绚烂，如同一张无边无尽、随风起伏、柔软绵密的金网。

过了一会儿，白小奇转过头，随手翻开面前的笔记本，夹在里面的那张小女孩落下的彩虹游乐园照片露了出来。有意无意地，他把视线落在那上面，明亮的光线下，照片显得格外清楚。

突然，他不由自主地坐直了，目光也更加聚焦——之前他没有注意到，在画面正中间的彩虹摩天轮投下的阴影里有一个人，那标志性的大黑框眼镜和腆肚背手的站姿很是眼熟。

"催——人——老？"白小奇的眼睛都瞪圆了。

傍晚，白峰打完了论文的最后一行字，舒舒服服地伸了个懒腰，便关掉电脑，打算去赴崔大力的约。崔大力给了他一个地址，就在海湾路的尽头处。那里有一家饺子馆，据说开的年头很长，虽然店面一直很小，但在海岛市的老辈人记忆里，那饺子都是家的味道。白峰想，崔大力大概是土生土长的本地人，喜欢这种家乡口味吧，而他自己，很小就离开了海岛市，一直在外求学工作，在国外也生活了很长时间，对故乡并没有那么熟悉和怀旧。

临出发时，白峰接到了柏子高的电话。柏子高说知道这几天白小奇不太开心，想带他们兄妹俩去一个很有意思的地方玩几个小时，保证在10点之前把他们送回家。如果白峰同意的话，他就直接去学校把两个孩子接上。做了这么久的邻居，白峰对柏子高已经十分信任，正好今晚他也有事，就算白小奇和白小丽回家，也只能点外卖吃，既然柏子高主动要帮忙，他便答应了。

于是，柏子高和喜鹊去学校接了白小奇和白小丽，给他们带了快餐，还告诉他们今晚有惊喜。

"什么惊喜？"白小奇问，从表情上看，倒不是很期待的样子。

柏子高微微一笑："别着急，咱们再去接一个人，今晚也是给她准备的惊喜。"

"谁？"

"见到她你就知道啦！"

白小奇和白小丽对视了一下,彼此确定了,俩人谁都不知道柏子高的计划是什么。

车子开着开着,前方的路边出现了一对等待的父女,白小奇很惊讶:"那不是找妈妈的小妹妹吗?"

"是啊,"喜鹊指着小女孩身边的男人,"那是她爸爸,你昨天被抓的时候没跟他见面吧?"

"我才没有被抓呢!"白小奇不高兴地说,"我那时只是远远看了一眼她爸爸,'催人老'死死揪着我,根本不让我动弹。"

白小丽皱起眉问道:"为什么要来接他们啊?"

"一会儿再说。"柏子高把车停稳,开门下去了。他走到那对父女面前,和女孩的爸爸交谈了几句,父女俩就跟着他朝车子走了过来。

喜鹊对白小奇和白小丽说:"告诉你们吧,我们要去海边放烟花。"

白小奇眼神落寞地说:"我还以为是什么惊喜呢。"

喜鹊心想,柏皋说得没错,白小奇是不太对劲。否则,不管他说出什么活动,以白小奇的性格,都会兴高采烈地蹦两下,积极响应。可现在,这孩子就像个泄了气的皮球,一点弹跳力都没有。

"相信我,会有惊喜的,"说着,喜鹊探身给父女俩开了车门,"欢迎,这位小朋友叫什么名字呀?"

喜鹊变成人形的时候,是个白净清秀的小哥哥,很讨人喜欢,小女孩本来挺紧张的,看到他的笑脸,就放松了下来,有点羞怯地小声回答道:"我叫徐空雨。"

"哦?"喜鹊对这个名字挺感兴趣,"哪个空哪个雨啊?"

"'空山新雨后,天气晚来秋'的空雨,"小女孩的爸爸像是怕女儿答不上来,接话道,"王维的诗,这是她妈妈取的名字。她妈妈最喜欢王维。"

"原来是这样啊,好美的名字。"喜鹊点点头,没有再问下去,"来吧,都坐好,系上安全带,我们出发去海边放烟花啰!"

3　海边的神奇烟花秀

白峰好不容易才找到了那家约定的饺子馆。崔大力坐在门口的小桌前,招手呼唤道:"小奇爸爸,我在这里!"

白峰忙走过去坐下:"崔老师,不好意思来晚了,这地方不太好找。"

"这家店有些偏僻,"崔大力推了推鼻梁上的眼镜,他的眼镜框大而重,总是往下滑,"但是风景很好,你看,我们坐在这里,居高临下,可以看到下面的海滩。"

"确实,"白峰往下看了看,饺子馆靠着山路,路的下方就是沙滩,如果是白天,风景肯定很漂亮,但现在是晚上,沙滩上昏暗无光,海面更是漆黑一片,什么也看不到,"风还挺凉快的。"

崔大力给白峰倒了一杯饮料:"小奇爸爸,你是开车来的吧,咱们就不喝酒了,喝点果汁。"

"谢谢,崔老师,"白峰连忙伸手握住杯子,"您有什么话尽管说,小奇他在学校的表现,是不是有什么问题?"

"不是,小奇是个很好的孩子,他善良,热情,有担当,非常优秀。"崔大力诚恳地说道。

"是吗?"这个回答在白峰的意料之外,从白小奇平时的描述里,他觉得崔大力对白小奇似乎并不是很认可。

"当然,他的学习成绩,客观地说,很一般,但我认为他很有潜力。"

白峰尴尬地笑着说:"是啊,他还是挺聪明的。"

"不,小奇爸爸,我冒昧地说一句,小奇的优势不在于他的智力,而在于他的心。"

"心?"

"是的。白小奇有一颗纯真的心。这颗纯真的心,在今天这样的时代,是很稀有的。而这样的心灵对于人类来说,比智慧更有价值。"

白峰隐约觉得崔大力说的话好像另有深意。

崔大力没再说下去，转头喊道："老板娘，来两盘你们的招牌饺子！"

"好嘞，崔老师！"店里传出应答声。

"您跟这家店很熟啊。"白峰说道。

崔大力从筷笼里抽出两双筷子，给白峰盘子上摆了一双："吃了几十年了。小奇爸爸，你别介意，这家店从来不用一次性筷子，都是洗干净消过毒重复使用的。虽然一次性筷子用的是速生林的木材，并不像人们认为的那样损耗天然森林资源，但是无限制使用会产生大量的垃圾，那也是给地球环境制造负担。"

白峰忙说："我也不爱用一次性筷子，看来，您还很有环保意识。"

"哈哈哈，"崔大力笑了，"环保意识人人都应该有，保护环境，就是保护人类自己呀。"

"您说得太对了。"

不一会儿，饺子馆老板端来了两盘水饺，热情地放在白峰和崔大力面前："崔老师，您和您朋友的鲅鱼馅饺子好了。"

白峰抬头道谢，这才发现不远处的邻桌还坐着一桌客人，一男一女，看起来是夫妻俩，穿着很休闲，男人的衬衫和女人的连衣裙都五颜六色的，一副度假游客的打扮。

"小奇爸爸，吃饺子吧，他们家的鲅鱼馅饺子那可是海岛市一绝。"崔大力热情地说。

"崔老师，关于白小奇这次闯祸，我觉得他的反应好像跟以前有些不同……"白峰小心翼翼地提起了心里的疑惑。他一直想不通，儿子属于皮糙肉厚抗打击能力特强的那种孩子，可是这次却显得十分情绪化。

"这个啊，我也意识到了，当时我处理得不妥，有些急躁了。您放心，我会向小奇道歉的。"

"别误会，我不是责怪您。"

"我知道，是我的错。但是，"崔大力话锋一转，"您和小奇妈妈工作很忙，平时不容易顾及到孩子的方方面面，这我能理解，可小奇已经到了成长的关键期，这个时期的孩子，感情都很敏感，甚至可以说是脆弱，作为父母，您二位应该多给孩子一些关注，以及，更重要的——尊重。"

"是，是，"白峰感受到崔大力语气的严肃，不自觉地冒出汗来，他心想，这崔老师看着年纪也没比自己大多少，可是说话却有一种威严感，大概当老师当久了吧，"我们俩都习惯放养了，可能在养育孩子方面过于粗放，加上小奇的妹妹不太让人操心，连带着对小奇也就……"

"呵呵，您说白小丽吧，"崔大力的表情微微一变，似笑非笑的，"我知道，学校里见过，她和小奇不太一样。"

白峰赶紧点了点头，尽管他也不是很清楚崔大力说的"不太一样"具体指什么。

"还是我刚才说的，小奇啊，有一颗纯真的心，这颗心很罕见，很珍贵，您要好好保护，"崔大力微笑着说，"毕竟，这是人类的未来啊。"

"是……嗯？"白峰想继续点头，瞬间又感觉不太对，这是崔大力今晚第三次说到"人类"这个词了，"人类的未来？"

"是啊，"崔大力说，"孩子就是人类的未来嘛。"

"噢，是这个意思，哈哈哈哈哈……"白峰恍然大悟地笑起来。

崔大力也笑了。

远处传来"啾——"的一声啸叫,一朵绚烂缤纷的花火绽放在夜空。

那对游客夫妻好像早就在等待这一刻似的,立即站起来跑到路边,面对海滩方向并肩张望。

"这里晚上经常有人放烟花,也是海边一景,"崔大力看看那对夫妻的背影,吃了一口饺子,"生活很美好呀!"

放烟花的正是柏子高他们。喜鹊搬了两个纸箱放在沙滩上,一个装了烟花,另一个贴着胶带,还没拆封。喜鹊带着几个孩子去放小烟花了,柏子高留下了空雨的爸爸:"徐先生,我们两个大人就不要去凑孩子们的热闹了,让他们自在地玩会吧。"

空雨的爸爸一直都显得很沉郁,对烟花也没有什么兴趣,听柏子高这样说,便站住了。看到那只封起来的纸箱,他问柏子高:"柏先生,那个箱子里是什么?"

柏子高拍了拍箱子:"是光。"

"什么?"

"哈哈,开个玩笑,这里面是一种神奇的烟花,等会儿我放给你们看。"

"谢谢你费心带孩子出来玩,柏先生。小雨很少这么开心。"听到远处传来的嬉笑声,空雨的爸爸真诚地说。

"没事,举手之劳。徐先生是做什么工作的?"

与天气之神同行

"我在广告公司工作,是设计师。"

"哦,怪不得呢。"

"怪不得?"

"徐先生,小雨的妈妈已经去世了,但你一直在骗孩子,是吧?"

空雨爸爸脸色变了,他没想到柏子高说话这么直接。

"那张彩虹游乐园的照片,是你用电脑合成的,对不对?因为一周前小雨在幼儿园考了100分,她记得你跟她说考了100分就能见到妈妈,所以你拍了一张带时间水印的海边照片,把家里有彩虹摩天轮的老照片合成了进去。你是平面设计师嘛,修照片自然是水平很高,一点都看不出拼接痕迹呢。"

空雨的爸爸苦笑了一下:"那张旧照片是我妻子小时候她的父母给她拍的。摩天轮上有个小女孩就是她。我哪儿知道现在幼儿园都有小测验啊,小雨考了100分,回家来就哭着闹着要见妈妈,问我妈妈到底在哪儿,我只好给她造了这么一张照片,骗她说妈妈就在'彩虹游乐园'等她,过一阵我忙完了工作带她去。她认识年月日,照片上显示时间的水印暂时能糊弄过去。

我想，反正这个摩天轮几十年前就拆了，她拿着照片去问谁都不可能问到，拖着拖着，她就忘记了。"

柏子高看着他："我活了这么久，还从来没有见过一个孩子会忘记自己的妈妈。"

空雨的爸爸垂下头愧疚地说道："我也没有别的办法。"

"也许不忘记就是最好的办法，"柏子高说着，弯腰搬起那个纸箱，"走，我们去放这个神奇的烟花吧。"

"这烟花，到底怎么个神奇法？"

柏子高回头朝高处望去，饺子馆的霓虹灯招牌一闪一闪的，映出栏杆边并肩站着的两个人影。他笑了笑："马上你就知道了。"

两人来到喜鹊和孩子们放小烟花的地方，柏子高打开纸箱，拿出了一个篮球一般大的透明球体，球体表面有一个圆孔。

"这是什么烟花？怎么像个鱼缸？"白小奇疑惑地问，他伸手碰了一下那个透明球，球突然亮了，只见里面有许多不同颜色的光束，如同一簇簇彩色的丝带在球体里飘拂，"这是灯？带电啊？"

"哇，好好看啊！"空雨拍手惊呼起来，"它会唱歌吗？它是不是个音乐盒啊？"

"太遗憾啦，它不是音乐盒，不会唱歌，不过它可以创造奇迹哦，等着。"柏子高双手高托起透明球，轻轻一晃动，只见球体里的彩色光束像水波一样荡漾起来，一条一条地从那个孔钻了出去，冲向夜空，彩光在空中不断放大，变成宽阔的彩带，并组合成了一个七色圆环，环上还有分布均匀的一个个小吊篮，缓缓转动起来。

"这是……"空雨的爸爸震惊地说，"彩虹摩天轮？"

"对，"柏子高低头对空雨说道，"小雨，你看这个烟花，像不像你那张照片上的彩虹摩天轮？"

"像！像！"空雨大声地说，随后，她想起了彩虹摩天轮上应该有妈妈，"那我妈妈呢？她在哪儿？"

柏子高指着天空中的彩虹光影："妈妈在那里，看见了吗？"

空雨使劲地睁大眼睛，用力地看着："看见了，我看见了！"所有人都随着她望向那个"摩天轮"，光环上好像真的有一个长发飘飘的人影坐在吊篮里，若隐若现的。

空雨扭头对身后的爸爸说："爸爸你看，妈妈在天上！"

空雨爸爸呆呆地站着，一言不发，柏子高在他身后小声说："徐先生，跟孩子说点什么吧。"

"我……"空雨爸爸无助地看着他，"我说什么呢？"

"说爸爸会对孩子说的，这是你欠她的一个承诺。我们就帮你到这儿了，加油！"柏子高鼓励道。

空雨爸爸走过去抱起空雨："来，这样离妈妈更近一点。"

"爸爸，这就是你说的彩虹游乐园的摩天轮吗？"

"是的。"

"妈妈在那里吗？"

"……在。"

空雨对着天空大喊道："妈妈！妈妈！我想你！"

彩虹光环里的那个人影像是听见了她的声音，飘动着脱离了光环，向下飘来。空雨忙伸出小手去迎接，人影飘落的过程中渐渐变成了一个光点，准确地落入空雨的手心，空雨拢住双手凑到眼前，手心里的光照亮了她的小脸。

"好亮啊，"空雨眯起眼睛，又抬起头，把手里的光亮托到爸爸面前，"爸爸，这是妈妈吗？"

"这……"空雨爸爸突然明白了，其实女儿什么都知道。他的眼眶一红，抱紧了空雨，"是。"

空雨把手心轻轻贴在自己的小脸上，明亮的光把她的皮肤和手指都照得红红的："妈妈……"

柏子高、喜鹊、白小奇和白小丽站在他们身边，像是在静静地守护着这一刻。谁也没有注意到，天空中的彩虹光环在一点点隐入星空。

几分钟后，彩虹光环完全消失了，柏子高把已经变暗的透明球小心翼翼放回纸箱。"这可是我卖了好大的人情才借来的宝贝，我得先收好。"他故作轻松地说。

空雨手心里的光这时也慢慢熄灭，变成了一块圆圆小小、五彩晶莹的石头。

喜鹊凑近她说道："哎呀，这不是一颗彩虹宝石吗？好漂亮啊！"

"彩虹宝石是什么？"空雨的注意力被他的话吸引了。

"彩虹宝石就是阳光凝结成的一种宝石，小雨，你知道彩虹是什么做的吗？"喜鹊说。

"不知道。"

"彩虹是太阳的光做的。太阳的光有很多颜色，所以彩虹宝石是彩色的。"

"可老师说太阳光是金色的。"空雨困惑地看看石头，又看看喜鹊。

喜鹊一愣："呃……老师说得对，太阳光有时候看起来是金色的，但是，我们把太阳光分开的话……"

"太阳光怎么能分开呢？"空雨的眼神更困惑了。

喜鹊的脸微微一抽搐："如果我们用三棱镜的话，就可以分开……"

"三棱镜是什么？"

"三棱镜是一种工具，是一根三角形的玻璃柱……"

"那彩虹为什么是太阳光做的？天上也有三棱镜吗？为什么三棱镜没有掉下来呢？谁在天上用三棱镜分开了太阳光？"

喜鹊直起身："我想起来了，车里还有冰激凌，小朋友们，你们吃不吃冰激凌？"

白小丽憋着笑说："我要吃。"

喜鹊拔腿就跑，远远扔下一声"我去拿"，就不见了。

4　酬谢蟥蜥神

饺子馆外,白峰和崔大力都看到了刚才出现的彩虹光环。白峰也有点看傻了:"现在的烟花这么高科技啊?"

崔大力没说话,看了看那对游客夫妇,只见他们已经回到餐桌边坐下了,继续吃着饺子,脸上如释重负的表情,好像刚刚做完了一件很重要的事。

"小奇爸爸,总之呢,"崔大力回过头又给白峰倒了一杯果汁,"小奇是个非常棒的孩子,很有天赋。"

"您觉得他的天赋体现在哪方面呢?"白峰好奇地问。

"我刚才说过了,他有一颗纯真的心,希望你们能好好地保护。"崔大力说。

"您是说，他的性格？我儿子倒是个天生的乐天派。"

"不，现在您可能还不太理解我说的话。以后您会明白的。"

看着崔大力的严肃眼神，白峰不太敢问下去了。他心想，崔大力的想法应该和白小丽说过的一样，白小奇进入青春期了，是需要做父母的好好保护和引导了。

柏子高把徐空雨父女俩送到接他们上车的地方，空雨已经趴在爸爸的肩头睡着了。空雨爸爸下车前，轻声地对柏子高说："柏先生，今天真的多亏你的帮助，我才能对女儿遵守了诺言。"

柏子高摆摆手："别客气，乐意之至。"

"这颗'宝石'……"空雨爸爸举起空雨紧紧攥住的一只手，"拿不出来。"

"那是'神奇烟花'附赠的魔术道具，就当是我们送给空雨的小礼物吧，她喜欢就好。"

"好的，非常感谢，"空雨爸爸又对白小奇说道："你是小奇吧？"

白小奇慌忙坐直了："叔叔……是，我叫白小奇。"

"我知道昨天为了带小雨找彩虹游乐园,你跑了很多地方,都忘了上课,后来还被老师批评了。真是

抱歉啊，我当时太紧张了，看到小雨就着急带她回去，忘记了对你说声谢谢。"

白小奇没想到空雨爸爸能对自己道谢，又惊又喜，心里堵了一整天的委屈顿时烟消云散，说话都激动得语无伦次了："叔叔，不要不要，我……我是好的……不，我是很好！那个……我没事，我不难过！你不要谢我！"

柏子高和喜鹊几乎同时偷眼看了看白小丽，通常听到白小奇"胡言乱语"，她总是会出言揶揄两句，可是这时，白小丽只是默默地看着白小奇，眼睛和嘴都很安静。

空雨爸爸抱着空雨走了，柏子高长舒了一口气："好啦，今天的烟花晚会到此结束，我也必须遵守诺言，在10点之前把你俩送到家，出发。"

白小奇摸了摸裤兜："哎呀！"

"怎么了？"白小丽问。

白小奇掏出了那张照片："我又忘记把照片还给空雨小妹妹了。"

柏子高顺口说道："没事，你就留着吧，那只是空雨爸爸用电脑软件制作的照片而已。"

"电脑做的?"

"是啊,空雨爸爸用一张旧照片和一张新照片合成的。"

"噢,"白小奇放心了,"照片是假的?我就说嘛,如果上面是真的彩虹摩天轮,怎么会有'催人老'呢,算起来的话,他那个时候应该才十多岁,不可能是现在这个样子嘛。"

喜鹊拿过白小奇手里的照片:"什么'催人老',在哪儿呢?"

白小奇指给他看:"这个,就是我的班主任'催人老'。我天天都能看见他戴着一副大眼镜,背着手缩着脖站在那儿,就他这个样,给他全身打上马赛克我都认得,更别说没打马赛克了。他大概是那天正好在海边,被空雨的爸爸拍进照片了吧?"

"你真的确定是他?"喜鹊追问道。

"百分之二百地确定。"

喜鹊笑着说:"要不这张照片你给我吧,空雨爸爸拍照技术不错,修图技术更不错,照片做得还挺好看的。"

"行,给你。"白小奇爽快地说。

喜鹊把照片塞进自己的口袋,在后视镜里对柏子高眨了眨眼。

第二天,在照旧没有顾客的大荒东咖啡馆里,阿瑟愁眉苦脸地靠在柜台边,正在用咖啡磨磨咖啡豆。他望向靠窗位置上坐着的四个人,眼里都是怨气。

柏子高和喜鹊的对面,是昨天夜里在饺子馆出现的那对游客夫妇,两人还是一身花花绿绿的度假装扮,穿得要多绚丽有多绚丽——他们就是蟛蜞神,掌管雨后或清晨、日暮时天空出现的彩虹,彩虹通常分虹、霓两部分,所以蟛蜞有二神,丈夫是虹神,妻子是霓神。

柏子高从随身大挎包里把透明球拿出来,郑重地推到他们面前。

"谢谢啦,虹哥、霓姐,昨天真的多亏了你们。"柏子高平时看起来颇为清高的脸上堆满了笑容,很是殷勤。

虹神捧过透明球:"好说好说,你柏皋大人开口我们怎么能拒绝呢？是吧，亲爱的？"

霓神一笑："可不是嘛，虽说这个东西本来不是我们蟛蜞神的，但是自从大洪水时代，魄氏神就把它交给我们两口子保管了，要不是看在你柏皋大人的面上，我们是不可能把它交给别人的，这可是魄氏神装夕阳光辉的神器，弄丢了弄坏了，我们两口子咋跟魄氏神交代呀！"

霓神所说的魄氏神，掌管的是日落时从西向东照射的光辉，这种阳光与彩虹同时出现的次数很多，魄氏神把自己装光辉的神器都托付给蟛蜞神保管，可谓交情匪浅。

"多余的话也不说了，二位就是我的亲哥亲姐！"柏子高感激地说，喜鹊忙别过头去免得笑出来，"其实，虽然我必须用这个神器才能装'光'，但它并不是最重要的，最重要的还得是装在这神器里的彩虹，没有二位辛苦造出来彩虹，没有二位在海边辛苦帮我操控放出来的彩虹，我光借一个瓶子有什么用呢？"

虹神谦逊地一摆手："哪里哪里，不辛苦不辛苦。"

"柏皋大人说得也没错，"霓神倒是没客气，"我们是出来度假休息的，本来啥也没想干，结果还加了个班。"

虹神轻推了她一下："怎么能这么说呢，给柏皋老弟帮忙，那还不是应该的？"

"是我唐突了！"柏子高说着，从包里又拿出两张代金券，"这是海岛市最好的自助餐厅的餐券，请蠛蠓神赏光。"

"干嘛那么客气！"虹神笑眯眯地说。霓神接过了代金券："柏皋大人一片心意，我们不收反而失礼了，那我就收下啦！"

"可惜二位马上要离开海岛市了。这区区两张餐券，根本不足以表达我对二位的感激之情。"

"那好说，明年入夏我们还来呢！"

"一言为定，到时候一定要给我机会，好好款待二位！"

蠛蠓神高高兴兴地走了，阿瑟端着咖啡走了过来："喏，你要的手磨咖啡。"

柏子高喝了一口："这比速溶的好喝多了。"

"是啊，能不好喝吗，"阿瑟把手伸到他面前，"我拿手换的。"

柏子高把他的手拍开："谁让你买手动的磨了，你买个电动的呀！"

"用电动的还能叫手磨咖啡吗？"

"阿瑟，你怎么这么死心眼呢？"

喜鹊拿出了那张照片："昨晚我回去仔细研究了照片，白小奇说的他班主任崔老师的图像，肯定是从旧照片里抠下来的。"

柏子高眼珠一转："你是说，他的班主任是三十年前和彩虹摩天轮一起被拍进照片的？"

"对。"

"小奇会不会认错人了？"

"不排除这个可能性。可是你也听到了，小奇说得很确定。他不是那种喜欢夸大其词的孩子。"

"海岛市所有的仙灵我们都认识，没有这个崔老师，若他是天神，我们也应该知道。这个人既不是仙灵，也不是天神，又可以几十年容貌不变，会是什么呢？"

听柏子高这样说，阿瑟和喜鹊都沉思起来。

晚上，柏子高又登上了青羽通信平台，和那个叫"无"的人聊了起来。

"这世界上，除了天神和仙灵之外，还有别的非人者吗？"柏子高打出了一行字。

"你这是什么意思？"对方反问道。

"我是想问，在人类不知道的这个神异世界里，除了天神和我们，还有别的存在吗？"

"无"沉默了一会儿才回复："有的。"

"是什么呢？"

"神灵都是超级能量的产物。天神来自星际宇宙的能量，我们来自生态自然的能量，这个世界上还有一种庞大的体系，同样拥有很强的能量。"

"什么体系？"

"人类的智慧和文化。"

5 尾 声

傍晚,白小奇和白小丽放学回家,惊讶地发现白峰早早就坐在家里了。"爸爸,你怎么在家?"白小奇大喊道。

"我今天下班早呀,怎么你们不习惯?"白峰也很惊讶,他感觉已经很久没听到儿子这么大的嗓门了。

白小丽放下书包慢悠悠地说道:"也不是不习惯,是没见过。"

"以后我都尽可能地早点下班回家,"白峰不好意思地说,"我跟妈妈也说了,她也答应了。"

"真的?"白小奇蹦起来,"太好啦!"

白小丽看着他:"你高兴什么?妈妈早点下班回家就早点把你拖去写作业呗。"

"你……"白小奇一瞪眼,"那我也高兴!"

"行,你到时候别抱怨,我可不听。"

"用不着,到时候妈妈陪我写作业,你别来黏着妈妈就行。"

"我才不黏妈妈呢,不像你。"

"记住你的话啊,白小丽!"

白峰叹了口气:"你们不争一下爸爸吗?"

白小奇跑过来坐在他身边:"爸爸,你今天这么早回来,不如我们去吃披萨吧!"

"没问题呀!"白峰撸了一把儿子的头发,顺便仔细看了看他的脸,只见白小奇眼里没有了半分前几天的阴霾,满脸阳光灿烂。白峰想,崔老师说的纯真的心,难道就是这没心没肺的乐呵劲儿?

"爸爸,你知道吗,今天我们崔老师向我道歉了。"白小奇得意地说。

白峰说:"哦?"不过他马上想起来,崔大力那天确实说过要向白小奇道歉,看来这位老师还真是言出必行。

"崔老师说,我帮助小妹妹是好人好事,他批评的是我没有报告老师,自己带着小妹妹去找彩虹游乐园，他对我态度不好，也没有表扬我做好事的行为，所以向我道歉。"

"嗯，一码归一码，你们老师挺严谨的。"

"爸爸，什么叫严谨？"

"严谨就是说话不出错。"

"噢……"白小奇点点头，"就是答题全对，一分不扣。"

"对。"

"白小丽，你说话能不能严谨？"白小奇故意问白小丽。

白小丽不屑地说："肯定比你严谨。"

"那我考考你，彩虹是怎么形成的？"

"这就忘了？昨天还告诉你了呢，彩虹就是太阳的光在空气中的水滴里发生的折射和反射作用，"白小丽把双手往胸前一抱，"记住了吗？"

"你这就不严谨啦，白小丽。"

"怎么不严谨？"

"彩虹还有放烟花放出来的，昨天才看过，就忘记了吗？"白小奇对白小丽扭来扭去做着鬼脸说。

"真幼稚！"

白峰从来没有这么满足地看着兄妹俩斗嘴，过去两天白小奇脑袋顶上的"低气压"总算是过去了。"咱们家这也是风雨过后见彩虹了哟，"他向两个孩子一挥手，"走，跟爸爸吃披萨去！"

三 悲伤的北回归线

1　羲和

因为纬度不高且处于沿海地带的缘故,海岛市的秋天总是来得和缓而宁静,气温不会很快地下降,人们也不会明显感到寒冷的来临。整个秋季的天气状况也都相当稳定,台风稀少且势力偏弱,往往还没等登陆,就在海上衰减成普通的热带风暴,下一场大雨便消失了。

也许是崔大力的话产生了影响,加上没有什么突发的气象灾害事件,这段时间白峰真的做到了每天正常上下班,从不加班。宁小萌也增加了在家陪孩子们的时间。只是她的项目到了最后关头,能抽出来的时间还是极其有限。

秋季也是柏子高难得悠闲的时候。炎神暂归,人类所说的"副热带高压"力量减弱了,高温酷暑的危机早已消除，天气干爽晴朗、不冷不热，非常舒适。偶尔下点雨，为略显干燥的空气提升了湿度，感觉更为宜人了。

周末白家常在露台烧烤，有时也会邀请柏子高来参加。聊天中，大家都同意秋天是最好的季节，白峰解释说，因为秋天主导天气的是反气旋，也就是空气下沉，并且以顺时针的方向从中心向四周流散，这样形成的空气涡旋中心就变得干爽少雨了。

白小奇又听了一个稀里糊涂，问道："爸爸，为什么空气会变成一个涡旋啊？"白峰自从彩虹游乐园事件之后，对白小奇比以前更加耐心了，见儿子提出疑问，连忙解答："地球的大气层是处在不断地运动中的，这主要是因为太阳。太阳光是一种热辐射，地球表面接收太阳辐射的热量后，先是吸收这些热量，然后不断地散发出来，大气层像一层保暖的被子，把这些热量保存在大气层中，使我们生活的环境能保持一个舒适的温度，但是，因为地球是个球体，而且表面有高有低，有山有海洋也有沙漠，所以地球表面在同一时间得到的热量并不均衡，导致地面和空气的温度也不同,空气就这样流动起来了,空气分散的地方气压低,空气堆积的地方气压高,就会形成各种各样的涡旋。"

"地球表面……热量不均衡……"白小奇费劲地思考着,"那为什么海岛市一年四季不一样冷不一样热呢?不都是同一个地方吗?!"

"地方是同一个地方,但是接收的太阳辐射不一样,因为地球在自转啊。"白峰和颜悦色地说。

白小丽拿起一根肉串递到白小奇眼前:"喏,烧烤的时候,不也要翻来翻去让肉串儿受热均匀吗?"

白小奇拿过肉串看了看:"太阳在烤串儿?咱们的地球是串儿?"

"吃你的吧!"白小丽不耐烦地说。

白小奇扭头就喊:"爸爸,你看白小丽!"

宁小萌指着他俩:"不许吵架!"

"我没跟她吵!"

"呵呵,你倒是想吵,你吵得过我吗?"

"妈妈,你看白小丽!"

"都闭嘴!"

在此起彼伏的吵嚷声中，装作沉浸式烤肉的白峰偷偷朝柏子高苦笑了一下。

柏子高也笑了笑。讲解这些冷暖气流的变化，白峰用的是人类总结出的语言和理论，而对他来说，那就是"自然"而已。从还在肇山的岁月开始，他就和阴晴风雨朝夕相伴，对此他过于熟悉，甚至一时无法找出解释的方式。

但对太阳，他的感情却有些复杂。

柏子高在初成仙灵形体的时候，就见到了高悬在天空的那个耀眼而温暖的太阳，直到今天，他还能记起那种震撼。那时他躺在一块山顶的岩石上，不知不觉睁开眼睛，第一次看东西，视野还有些混乱，只能看到头顶上方平铺的湛蓝色和弥漫翻卷的灰白色——那是天空和云层。一阵大风吹过，将他散乱一地的长发撩得四散飞舞，他的视线被遮挡了，待风停发丝落下，一块云也正好移开，原本被云挡住的太阳显露出来，瞬间，整个天空就像燃起了一团巨大、明亮、炽热的火焰。

可以说，柏子高还没有看见自己，就先看到了太阳的光芒。那光芒曾令他那么仰慕憧憬，后来，却又总是唤起他的伤感和悔恨。

这天清晨，大荒东咖啡馆刚开门，就进来了一个客人，身穿橙色风衣，头戴一顶风格复古的格子花纹帽。她一走进昏暗的咖啡馆店堂，整个屋子都亮了，埋头在柜台里整理东西准备营业的阿瑟被这突如其来的光吓得一抬头："谁？"

"阿瑟！"来人欢快地喊道，"是我呀！"

阿瑟努力地适应了一下明亮的室内光线，这才看清眼前的人："羲和？"

日神之御羲和是日神朱明的使者，也就是阳光之神，她的职责是让阳光照耀世间各地——她的性格，也与她的神性相仿，用人类的形容词来说就是，"十分阳光"，活泼开朗。

阿瑟往窗外张望了几眼："你车呢？"

羲和摘下格子花纹帽撩了撩满头精致的发卷："我这帽子真是买冲动了，好不容易找到机会戴一回，还压了我的新发型——你问景车？正好到保养期了，放在甘渊做保养呢，没骑来。"

三　悲伤的北回归线

阿瑟有些失望。羲和的座驾名叫"景车"，他特别喜欢，但很少有机会能看到，更不要说摸了。景车没有固定形态，随羲和的喜好而变化，最早时只是一道朴素的光，羲和踏光而行，周行天空，后来，羲和见人类驯养了野马当作坐骑，十分帅气，便也有样学样地把光变成了一匹飘逸灿烂的白马，再后来，人类开始制作马车，且人间君王的马车都华丽气派，羲和觉得自己身为日神使者，这个面子不能输，便也用光变出一辆文采华美的金色马车套在白马上，从此她就成了神国著名的"玩车一族"。羲和玩车是"发烧级"的，堪称紧跟潮流，自从人类发明汽车之后，景车就开始变化成各种式样的汽车，各个牌子超级跑车她都变过，玩腻了，如今她在天上跑已经不开四个轮子的车了，阿瑟听说，现在羲和的景车是一辆金色流线形大摩托。

　　"什么时候让我骑一下你的新车嘛。"阿瑟笑嘻嘻地说。

　　"不是我小气啊，"羲和把帽子小心戴好，"你也知道我变车用的光不是我的，是日神大人的，我哪儿敢随便让别人用。我只是个使者罢了，没有话语权。"

"羲和大人千年不见，怎么变得这么谦虚了呀，谁不知道在地球上你就是日神，日神就是你，哪儿干旱，哪儿酷热，哪儿天气异常，别看风神洋流神他们闹得欢，归根到底还不是你一句话的事儿。"阿瑟恭维道，只是他说话一向耿直，拍马屁听起来也像是讽刺，见羲和面露不悦，他也意识到了，赶紧岔开话题，"你这回来我们海岛市，有何贵干啊？"

"哎哟，你们海岛市？"羲和眉毛一挑，半开玩笑地说，"你怎么也跟你们柏皋大人一样，把人类的地方当自己的地方了？"

阿瑟一脸认真："我们仙灵和人类本就是一体的，共享地球，不分你我。"

羲和摇了摇头："这是柏皋给你灌输的思想吧？可惜祓不这么想。"

"祓？"阿瑟愣住了，"你见到祓了？"

羲和连忙打了个哈哈："嗨，没有没有，我整天忙着在天上转悠，能见到谁啊，我只是听你这么说，想起当初祓和柏皋之间的故事罢了。祓对人类可没有你们这么贴心。"

阿瑟失落地说："其实祓有他的苦衷，柏皋也能谅解。早知道他回来了，可是他好像在躲着我们。"

"好了好了，不说这些不开心的事了，你刚才不是问我来海岛市做什么吗？实话对你说，我呀，还真有件重要的事。"

"什么事？"

"我要和冰渊之王在这里见面。"

2 远古的回忆

"什么?"柏子高忍不住叫了起来。还好屋里没有别人,只有喜鹊蹲在桌上,对他的反应,喜鹊早有预料。

"柏皋,你先别激动嘛。"

"我能不激动吗?"柏子高不但没降低声音,反而更提高了音调,"羲和要把冰渊之王叫到海岛市来?!现在?!现在是冰渊之王该来的时候吗?她就不能再等一个月?"

"人家是日神之御,是天神,能听你的?"

柏子高不说话了,两手抱在胸前,脸色铁青,喜鹊安慰道:"冰渊之王来个一两天,也许不会对海岛市产生什么影响的。"

柏子高直摇头:"我看这事没那么简单,羲和为什么要与冰渊之王见面,见面谈什么?阿瑟也是的,根本没打听清楚!"

"阿瑟那个直来直去的性子,肚子里一点弯弯绕都没有,你还指望他去套羲和的话?"喜鹊从桌上跳下地,双脚着地瞬间,变成了少年模样,"还是我去找三足乌爷爷打探打探吧!日神家族的事它应该知道,有点人脉。"

"你这就去?"

"嗯,我坐最近一班高铁去四川,争取明晚回来,这段时间里,你可不要跟羲和吵架啊。"喜鹊提醒道。

"我什么时候跟她吵过架?"

喜鹊一笑:"你是不记得了,还是不想承认?过去的十几万年,你俩有过那么几回不小心碰上的时候吧?哪回不是谁也不给谁好脸色,最后大吵一架?"

"那她最好别在我跟前出现,"柏子高莫名地烦躁起来,"你快去快回吧!坐飞机去!"

"还是高铁保险,"喜鹊说,"万一冰渊之王提前到了,天气突变,航班说不定得延误呢。"

柏子高一向心境平和，很少焦虑，但羲和的到来和"冰渊之王"即将出现的消息，把他的心彻底搅乱了。夜里，他躺在床上瞪着窗外的星空，难以入睡。不知过了多久，朦朦胧胧的，柏子高仿佛看到了亮得刺眼的太阳。他避开光线，把头转向旁边，赫然看到一个身材健硕、面容憨厚的孩子，双膝跪坐在他面前，一双圆溜溜的大眼睛正盯着他。那孩子身穿兽皮，腰别石梭镖，蓬松的头发卷成小发髻，用一枚兽骨打磨成的发簪固定在头顶。

柏子高一时恍惚，没想明白自己身在何处何时，只觉得眼前的孩子看起来有些眼熟。他轻声说："小……奇？"

"嗯？"那孩子靠近他，嘴里发出疑问声，"嗯？"

这下柏子高看清楚了，这不是白小奇，尽管他跟白小奇确实有几分相似，眼神同样的清澈纯真，只是眉目更粗犷，头发的颜色也不是黑的，而是一种浅浅的棕色。

"嚯嚯！"那个孩子伸出手指着他，"变成人了！"

"什么？"柏子高听到的那孩子说出的"话"，不是现在的人类语言，但奇怪的是，他能听懂。

孩子用手在头顶上比划着，好像在模拟某种触角之类的东西："变成人了！"

"你说我变成了人？那我是谁？我变成人之前是什么？"柏子高急切地追问道，自己的本体是什么，这是他心中最大也是最想解开的谜团。

"变成人了！变成人了！"孩子执拗地重复着，并不回答他的问题。

柏子高只好换个问题："你是谁？"

"我，阿鲁，朋友！"

"你的名字叫阿鲁？你是我的朋友？"

"是的！以前，不会动，朋友！现在，变成人，还是朋友！"

柏子高越听越迷惑，他说的"以前不会动"是什么意思？可是，看那孩子说话的样子，也问不出什么来。他尝试起身，却差点被自己拖地的长头发绊倒。孩子哈哈大笑，拔下自己的骨簪，示意他坐下，然后梳拢起他的头发，在头顶盘成一个发髻，用骨簪簪好。

"好看！"他夸奖道。

柏子高低头看自己的身体，原来他身上也裹着一块兽皮："这是你给我的？"

"嗯！人怕冷！会死的！"孩子脸色变得恐惧起来，突然一把抓住他的手，拽着就跑。

"怎么了？"

"冷！冷来了！"孩子指了指身后，跑得更快了，"快，快躲起来！去找火！"

柏子高被他拖得跟跟跄跄，他边跑边回头，只见远处的天空飞速地涌过来一层铅黑色的云，刚才还充盈天地间的阳光已经消失，天色也变得很暗，他的脸被某种冰凉的东西不断撞击，一下两下三下，他用空着的那只手摸了一把，是冰碴子——很快，他眼前就涌起了密集的雪花，风裹着雪抽在脸上，打出一阵阵更加急促的刺痛。他们继续飞奔，像是在和暴风雪赛跑，手和脚虽然在运动，也很快冻得麻木，没有感觉了。

柏子高猛地睁开双眼，卧室里宁静而温暖，原来只是个梦。他平复了一下急促的心跳，拿起床头柜上的手机，果然喜鹊有新消息："刚下车，明天一早就去找三足乌爷爷。"

放下手机，柏子高仍然能感觉到刚才那场梦带来的惊悸，他再也睡不着了，干脆走出卧室，缓步来到阁楼门前。一把大铜锁森严地锁住了门。门边贴了一幅装饰画，画着一只翠绿的小鸟。柏子高打了个响指，小鸟突然动了，扑打着翅膀从画面上飞下，化为一枚钥匙，插进了铜锁的锁眼，转了几圈，铜锁便打开了。钥匙又自动弹出，变回小鸟，"哧溜"一声钻入装饰画中，恢复成平面图案，不动了。

柏子高推门走进那间神秘的阁楼。原来，这里是他存放从仙灵世界带到人间的宝物的地方，满墙挂着奇花异草标本，多宝架上摆满各种奇石珍物。这些大多数是人类丝毫不知的东西，即使有个别曾记载在古籍里，但时代过于久远，人类对其往往只知其名，连是否真的存在过都不确定。

他走到窗边的写字台前，拉开抽屉，从里面拿出了一根色泽发黄的骨簪。那个远古人类孩子为他盘上头发、插进发髻的骨簪，还完好无损地保存在他手中，可是那个孩子所在的物种都已经消亡了。

柏子高凝视着这枚骨簪，心中涌起一阵悲伤。在漫长生命中，柏子高见过的最可怕的灾难，并非共工撞断不周山带来的大洪水，而是让数以万计的生灵缓慢而不可遏制地彻底灭亡的冰雪炼狱。连人类，也曾因长时间的严寒封冻而几乎灭绝——或者说，曾经灭绝——在现存的人类之前，还曾经有过一种人类，他们高大壮硕，孔武有力，是强大的狩猎者，在大地上驰骋无敌，却在生存了十万年后悄然消失。现在的人类习惯把他们称作"尼安德特人"，因为用来给他们命名的头骨化石是在德国一个叫尼安德特的地方被发现的。现代人类虽然和尼安德特人从广义上来说属于同类，也有一些基因上的传承关系，但他们对这种古人类并没有什么情感，只是将其当作考古学和古生物学的研究对象。在他们看来，自己的种群取代了尼安德特人，不过是"物竞天择，物种演化"的正常过程而已，尽管两种人类曾短暂共存过，但因为生命不长，文化形成也晚，那些记忆并没有保留下来。

仙灵则不同，他们永远会记得自己的朋友。

3　三足乌

清早的川东小镇街头，喜鹊脚步匆匆，沿街而行，很快就看到了自己要找的人。

一位白发苍苍、精神矍铄、满面放着红光的老者，正坐在路边摊的小凳子上，一手举油条，一手托油茶，津津有味地吃着早餐。

"爷爷！"喜鹊快走几步来到老者面前，恭敬地说道，"跟您问安了！"

老者抬头一看，满眼惊讶："小喜鹊？你怎么来了？"

喜鹊在他身旁坐下："我有急事，不然不敢冒昧来打扰三足乌爷爷。"

老者忙把手中的油条和油茶放下："你……你出什么事了？"

三 悲伤的北回归线

三足乌，在人类的神话里被称为太阳神鸟，实则是五十亿年前乘着太阳风来到地球的一团太阳粒子。

地球周围有一个看不见的磁力场，大部分随太阳风而来的太阳粒子会因为磁力场而偏离方向，掠过地球，但有一部分太阳粒子正好穿过了一个磁力场的空隙，得以落入地球，成为了这个蛮荒之地的第一缕源自太阳的神灵。

那时候地球什么都没有，这缕太阳神灵落下后，过了一段无拘无束的日子。后来，地球表面有了混合空气，在重力的作用下，这些空气形成了一个厚重的外壳，也就是人类所说的"大气层"。在大气层的保护下，生命逐渐开始孕育，经过漫长演化，这里变成了一个生机盎然的世界。原本只是一团到处飘荡的带电粒子的太阳神灵，看过了世间万千生灵，选择飞翔的鸟作为自己最终的形态，定形为一只三足乌鹊。生三足，是为了与凡鸟区分。

三足乌是日神一族在地球上的初祖，比羲和的资历更老，人类对他也略知一二，并且把他的形象雕刻在各种器物上，绘制在丝绢布帛上。后来，他身为日神使者的身份逐渐被羲和取代，便有些心灰意冷，想找个地方隐居起来。他从人类制造的众多承载自己形象的器物中，选中了古蜀国雕刻的一棵气派的青铜树，从此栖息在这棵青铜树上，不再四处游荡。古蜀国毁于战争后，三足乌便也随着蜀国的遗迹隐没在蜀地，哪儿也没去。

到了现代，这棵青铜树被考古队挖了出来，收藏在一家博物馆，三足乌只得跟着进了博物馆。他是自由的太阳精灵，自然是不愿意被关进玻璃柜子里的，但又离不开那棵青铜树，于是，他变作一个当地人，想办法在博物馆干起了勤杂门卫的工作，这样就能守住他的树了。博物馆的专家们分析过那棵青铜树，一致认为这件文物不完整，树顶上肯定缺失了什么关键部件，可青铜树出土的时候周围都找遍了，没有发现能安插在顶端的物件。

专家们怎么也想不到，就在他们为此苦苦思索的时候，那个"缺失的部件"正在几百米外的传达室喝茶看报纸呢。

三足乌选择成为一只鸟，因此，和羽族仙灵颇有交情。喜鹊长得可爱嘴又甜，祖祖祖祖祖祖爷爷辈的三足乌很喜欢他，两人很是亲近，在仙灵世界便常在一起玩耍，融入人间后，每逢过年过节，喜鹊都会去四川看看三足乌，送点海岛市的土特产。

"爷爷，不是我的事，是羲和姐姐。"

"哼，羲和呀，我就知道，她弄的那个摩托，一点都不安全，看看，出事了吧？她出什么事了？"

喜鹊心中暗喜，这趟果然没白来，三足乌虽然从博物馆退休后就在附近的小镇上闲居，一副不问世事的样子，但消息还是一如既往地灵通，羲和的景车刚换成大摩托，他就知道了。

"不是那样的，爷爷，羲和姐姐没事，就是她昨天突然来了我们海岛市，说要叫冰渊之王来'谈谈'。你知不知道她或者日神，和冰渊之王发生了什么纠纷？"

三足乌歪着脑袋想了半天："冰渊之王和羲和各司其职，能有什么纷争？"

"爷爷，本来天神的事我们仙灵从不多问，但是，我们的族长柏皋，什么都不怕，就怕寒潮，一听羲和姐姐要把冰渊之王叫来,急得直上火,觉都睡不着了。冰渊之王一来,用电视新闻里的话说,现在还在秋天的海岛市,必然是突然地'断崖式降温',那可是一场灾害啊,说不定还要到处结冰、下大雪,"喜鹊戳戳自己的胸口,"柏皋这人,就见不得冰雪,看见心里就难受。"

"唉,那都是冰川期给他冻出来的病根儿,谁让他赶上最后一波了呢。仙灵跟天神不同,虽有灵机,到底还是属于生物,极寒极热,对你们的身体都是有影响的——那个,人类是这么叫的吧?冰川期?"

"就叫冰川期,也叫冰期,爷爷你还挺了解人类知识的。"

"那当然,那么多年的博物馆咱没白待呀!"三足乌得意地说。

"可是柏皋在我们仙灵中是法力最强的了,那冰川期真的有那么可怕吗?"喜鹊好奇地问,他的年纪较小,没有亲身经历过地球的冰川期,不知道那是什么情形。

三足乌啃了一口油条,边嚼边思考,想了一会儿才说道:"这个冰川期,是因为太阳运行到特定的地方,对地球的光照变少了,辐射的热量减弱,恰好同时地球地壳不稳定,火山爆发频繁,火山喷出来的烟尘又挡住了更多的阳光,时间一长,地球气温变得很低,还出现了绵延不尽的冰川。可怕嘛,当然是可怕,很多物种因之灭绝呀!不过,这个过程很缓慢,时间也很长,中间也还是有气温上升的时候,叫'间冰期',能让生物存活,也没有那么可怕。"

"这么说来,冰渊之王与冰川期无关?"

"当然,冰渊之王不过是个小儿罢了,这全球性严寒冰冻的运作,完全是太阳神的一己之力。"

"不是还有火山爆发吗?"

"火山……"三足乌这才想起,自己刚才还说了火山爆发也是冰川期的原因之一,只得找补道,"他们只是无足轻重的次要因素,就那几个小山神,能有多大劲儿,跟太阳的力量完全比不了。"

喜鹊连忙点头:"是,是。"

"冰渊之王掌管的是地球上的季节性寒潮,冬来春去,干半年歇半年的事儿,跟上古冰川期那种长年不绝的严寒气候相比，算啥？小孩子的把戏。我们日神一族才是掌控寒冷的终极之神。可现在，说起寒冷，人类只知敬畏冰渊之王，不知我们日神一族的威力，你说这像话不像话！"

喜鹊心想，原来这么老资格的天神也争强好胜，还要比较这个，但他觉得哪里不太对，太阳不是地球光热的来源吗？转念一想，太阳既然是地球的热源，太阳的增温力度降低了，地球气候便会变得寒冷，从逻辑上说，太阳光的弱化是地球寒冷的终极原因，倒也不能算错。不过，三足乌这话是越扯越远了。

"爷爷，日神是恒星系的主宰，也不至于计较这点事儿吧？"喜鹊试着把话题收回来。

"那是，"三足乌随口应道，"日神跟冰渊之王根本不在一个档次，怎么会跟他计较，但道理还是要讲清楚的！"

"对对，必须讲清楚……但现在羲和着急上火地找冰渊之王，莫非他们之间发生了什么矛盾？"喜鹊进一步诱导着三足乌。

三足乌把最后一口油条咽下，端起空了的油茶碗对忙碌的早点摊老板喊道:"我吃完了,碗给你放到这儿啦!"

老板连声答应:"好嘞好嘞,老爷子慢走!"

三足乌站起身,一背手:"小喜鹊,走,跟我去一个地方。"

喜鹊没明白他的意思,一愣神,见他已经走远了,急忙起身跟了上去。

两人走了四五条街,终于来到了目的地——博物馆。三足乌让喜鹊去买票,喜鹊还挺惊讶的:"爷爷,你不是在这儿上班的吗?"

"我都退休了,进馆当然得买票,哪能占公家便宜。"

喜鹊买了两张票,和三足乌一起走进博物馆。三足乌直接带喜鹊进了一间小展厅,这是一个图片展,光线昏暗,非常安静,展厅里除了他俩,一个观众也没有。

"爷爷,这是什么?"喜鹊不解地问道。

三足乌微笑道:"这些都是几千年前的观象台遗址照片和复原图。"

"观象台？"

"你见过吗？"

喜鹊回想了一下："大洪水尚未完全治理好时，我曾奉柏皋大人之命，化为燕子从南到北走了一趟，想看看洪灾的危机下人类是如何生活的。那一路，我在大地上看到了不少夯土高台，他们的巫师似乎会在高台上举行一些仪式，那时，我以为他们在祈求神明，后来我查了很多资料，原来那样的高台和在上面举行的仪式，似乎更多的是用来观测天文气象的。"

"人类最早的天文气象，便是以观测太阳的轨迹为主。小喜鹊，我带你来，就是要给你看这张图。"三足乌在一张图片前驻足，对喜鹊说。

喜鹊端详起那张图片，图片上有一排弧形排列的高大石柱，其中的两根石柱中间，露出一团金色光芒。图片旁的介绍文字写着，这是山西省临汾市襄汾县陶寺村史前文化遗址发现的古观象台，陶寺遗址属于新石器时代晚期龙山文化的一部分，距今4300—3900年。

"这些石柱被找到的时候，考古学家还猜不出它们是做什么用的,直到他们观察到了太阳从这些石柱缝隙里按照时节的顺序依次露出的情形。原来,那时的人类就是这样,利用了太阳直射点变化的规律,来确定他们所说的'季节'。对于地球来说,太阳是最固定最长久,最不可能改变的事物,是'永恒'。"

"这观象台也是那时候的人类建造的?"

"他们很聪明,对不对?我在地球上待了几十亿年了,见过这里遍地尘埃,荒芜一片,也见过这里繁茂热闹,却依然单调,成千上万的生灵来来去去,大多数甚至没有留下一丝痕迹。只有人类出现后,这颗星球才有了本质的改变——它拥有了智慧。小喜鹊,我以前就对你说过,对仙灵在人类问题上的分歧,我一向都更赞成柏皋。因为我切身感受到,人类以如此渺小之躯,如此短暂之存在,却对太阳,对我们日神一族有这么深入的了解,着实值得惊叹,我愿意支持人类在地球上更好地生存下去。在天神中,像我这么旗帜鲜明的可不算多。"

喜鹊点了点头。的确,大部分天神与人类都刻意保持着距离,即使偶尔进入人类的生活,也很快抽离而去，人类诞生前天神就已存在，消亡后天神也依然会存在，这就是整个神国对人类世界，甚至也包括对仙灵世界的看法，他们凌驾于生命，超越于生命，所以，多多少少有那么一些藐视生命。

4 不想见的人

柏子高早起坐在花园里画着草稿,不时掏出手机来查看天气预报,见并没有寒潮来袭的消息,心情反而更没着没落。这时,对面白家的花园里一阵吵闹,不用看他也知道,是白小奇和白小丽出门的时候又吵起来了。

他想到白峰应该在家,正好可以问问最近的天气形势,便站起来向白家的房子走了过去。刚来到门口,就见白小奇一阵风似地蹿了出来,嘴里嚷嚷着:"白小丽你给我等着!你看我今天放学回来怎么报复你!"

白小丽不紧不慢地跟在他后面,嗤笑道:"你自己没写作业,干嘛报复我?"

白小奇扭头喊道:"我写了!要不是用了你的消字笔,我写的作业现在还在纸上呢!"

"你从我笔盒里拿笔不问我，活该！"

"谁知道你有这缺德玩意儿！我好好的作业本，热牛奶杯子底下放会儿，字就没了！"白小奇直着脖子"控诉"道，气得喊出了破音。

"那是我练字用的笔，纸可以循环写，节约环保，哪里缺德了？"

白峰急急忙忙跑了出来："你俩能不能消停一点，我都被你们吵晕了，小奇，赶紧去学校把作业补上！我给你们崔老师打电话，帮你证明你写了作业，行了吧？"

白小奇听爸爸说要帮他作证，顿时消了气，这才看到柏子高站在路边："柏先生，早上好！"他欢快地打招呼道。

柏子高被他瞬间"变脸"的样子逗笑了："早上好啊，小奇！"

"柏先生我不跟你说了，我要去赶校车，放学再见！"小奇跑了几步，又折回来，从白峰手中拿过自己的书包，"爸爸你别忘了给崔老师打电话！"

白峰连连点头："放心，忘不了！慢点，等一下你妹妹！"

"我才不等呢——"白小奇狂奔而去。

白小丽抬手看看表："校车还要 8 分钟才到小区门口，真不知道他跑什么。"

白峰擦了擦汗："小丽，你也赶紧吧。"

"不用，我现在这个速度正好。"

白峰望着白小丽的背影，长出了一口气："哎，总算都送走了。"

柏子高笑着说道："白老师，最近您好像不太忙啊。"

"对，这段时间天气形势很稳定，我也乐得清闲——不过在家里看孩子也没多清闲，哈哈。"

"那……没有什么冷空气要来吗？"

"冷空气？"白峰想了想，"我们海岛市是温带季风性气候，四季分明，冷空气总是来得很准时，还有一个月左右才入冬呢。咱们还可以再享受一下舒适的秋天。"他指了指头上飘着淡云的蓝天。

"是啊，天气真不错。"柏子高点头说道。看来冰渊之王那边还是没动静，莫非羲和的邀约被无视了？

"不过,"白峰补充道,"根据观测,今年的西伯利亚高压确实形成得比往年早一些,这是有点异常。柏先生,你知道西伯利亚高压吧?冬季影响我国的寒潮就是西伯利亚高压造成的。"

柏子高心里一震:"你的意思是,西伯利亚高压已经出现了?"

西伯利亚冷性高压,又叫蒙古-西伯利亚高压,亚洲高压,这是人类教科书上的叫法。天神和仙灵们称之为"从极之渊",它不是一个真实存在的渊谷,而是一个时序进入秋季时才开始显现、到冬季方变得强盛的极寒空气涡旋。掌控这个极寒涡旋的,就是让柏子高闻之胆战的寒潮驱动者——冰渊之王。

"是的。怎么了?"白峰发现柏子高的眼神有些不安,关心地问道。

"哦,说起来怪不好意思的,我天生怕冷——如果冬天提前开始,对我来说实在不是一个好消息。"

"要是寒潮真的提前到来,很有可能造成灾害,对谁都不是好消息,希望这不要发生吧。"

白峰走后,柏子高心事重重地回到家里,也没心情画画了,想来想去,他给阿瑟打了个电话。

"羲和在哪里?"

"你找她?"

"对。"

"你不是发过誓绝不见她了么?"

"她又不知道我发过誓。"

"呃……"

"你告诉她了?"

"她那天来大荒东,我们聊起了你,我就顺嘴……"

"阿瑟,你真是……"柏子高也不知道说什么好,"那你再去告诉她,我发的誓我收回,现在我就要跟她见面。"

"不行,她已经生气了,说她也不想见你,跟冰渊之王谈完她就走,你别想她多看你一眼,就算你求她,她也不会理睬你,还说你无情无义,无理取闹,当初她就应该让肇山一万年不见阳光,寸草不生……"

柏子高按捺了一下往上冒的火气:"你不用跟我复

述羲和的话，今晚8点，我等不到羲和，拿你是问。"

一天很快就过去了。

晚上，柏子高正在家中坐立不安地等待羲和上门，白小奇却来了。

"柏先生，"白小奇热情地说，"上我家烧烤去吧！"

柏子高有些纳闷："怎么今晚烧烤啊？你们明天不上学？"

"上，但是今晚我们家要庆祝一下！"

"庆祝什么？"

"庆祝我妈妈的新项目终于结束啦，哈哈！"白小奇喜笑颜开，"以后妈妈再也不用加班了！"

柏子高不忍心戳破他的幻想，宁小萌的公司发展越来越好，以后只会是加班越来越多。"那太好了！不过小奇啊，我今天有点不方便……"

"你今天有什么不方便？"一个女性的声音说道。

白小奇一回头，见身后站着一个穿橙色风衣、头发卷卷的大姐姐，他不由得呆住了，觉得这个姐姐看起来好耀眼，似乎在发光："姐……姐姐，你找谁？"

"找他，"羲和瞟了柏子高一眼，语气生硬地说，"是他叫我来的。"

柏子高不自觉地把头抬高，拿鼻孔对着羲和，一副针尖对麦芒的架势。

白小奇虽然懵懂，也能看出这气氛不对劲："你是柏先生的朋友？"

"不是！"两个人同时厉声否认，把白小奇吓了一跳："那……是仇人？"

羲和摸摸白小奇的头："小朋友，好好学习，少看点奇奇怪怪的动画片。"

白小奇不高兴了："我不看动画片，我只看柏先生的漫画。"

"哦，"羲和对柏子高冷笑道，"我听说你现在是个漫画家，原来是真的啊。"

"你这是什么态度？"白小奇十分警惕地挽起了袖子，"噢！你是柏先生的黑粉吧！好你个黑粉，居然找到这里来，你有什么目的？！"

柏子高连忙拦住他："小奇，别误会，这位——这位是出版公司的编辑，是来跟我谈事的，你快回去吧，代我跟你爸爸妈妈道谢，今晚的烧烤我就不去了。"

白小奇一听说是负责出版柏子高漫画的"编辑"，气焰一下子就收敛了："对不起，编辑姐姐！是我不礼貌，我错了！"

羲和"噗"地笑出声来："你这小朋友认错还真麻利呢。你们在说什么烧烤？"

"是在我家露台烧烤，喏，姐姐你看，"白小奇回身指着对面自家的楼顶，远远地可以看见白峰和宁小萌忙碌的身影，"就是那儿，我爸爸妈妈准备了好多肉串，姐姐你也来吧！"

羲和开心地拍手说："那好啊，我最喜欢烧烤了！"

柏子高咬着牙说道："你今晚不是还有事要跟我谈吗？"

"这又离得不远，我们上小朋友家边吃边聊多好！人家都邀请咱们了！"

"姐姐，我们走吧！"白小奇拉住羲和的手，"柏先生，你也快来啊！"没等柏子高再说话，两人就蹦蹦跳跳手拉手地走了。

5 和解吧，朋友！

白小奇把羲和带到露台，跟白峰和宁小萌介绍说这是帮柏子高出版漫画的编辑，白峰和宁小萌都没怀疑，热情地招呼羲和坐下。羲和本就爱凑热闹，开开心心往桌边一坐，来回看着满满一桌子各式各样的肉串蔬菜串水果串："哇，这么丰盛啊！"

白小丽从她进来，便一直默默地观察，羲和把每个盘子里的食材都啧啧称赞了一遍，这才注意到这个坐在自己身旁的女孩："小姑娘，你是？"

"这是小奇的妹妹小丽——小奇就是把你拉过来的那个男孩，"不知何时柏子高已经来到露台上，出现在了餐桌边，对羲和说道，"虽然是别人邀请你来做客，你也别这么不拿自己当外人好吗？"

"你管那么多干嘛，"羲和斜了他一眼，"这又不是你的家。"

白峰端着新烤好的一盘食物走过来："柏先生，还有这位编辑老师，来，赶紧吃。"

羲和立刻伸手抓起一根肉串，咬了一口便惊叹道："太好吃了！比阿瑟做的好吃多了！"后面半句她放低了声音说给柏子高听，"你还是给他报个厨师班吧，他这手艺怎么开餐馆啊！"

"他开的不是餐馆，是咖啡馆。"

"那不都是餐饮业嘛，就他冲的那咖啡，味道跟洗澡水似的。"

"你喝过洗澡水？"

"你……"

白峰发现两人对话的语气好像不太对，连忙打岔："柏先生，今天早上你还问我这两天有没有寒潮要来是吧？巧了，马上就要来一个。"

"真的？"

"对，从西伯利亚来的冷空气已经南下，预计两天后就会到达海岛市了，而且强度非常强，是寒潮级别的。真是奇怪啊，今年的寒潮怎么来得这么早呢？"

柏子高板着脸转向羲和:"是啊,你说怎么这么早呢?"

羲和一脸茫然地指了指自己:"你问我?我跟寒潮有什么关系?"

柏子高没再说什么,站起来独自走向露台的一个角落,看得出来,是不想再搭理羲和了。

羲和放下肉串,神情有些黯然。

白峰凑到白小奇耳边小声问:"你带来的这位编辑,跟柏先生是朋友吗?"

白小奇摇了摇头:"他俩都说不是。"

羲和苦笑了一下:"的确不算是。"

"姐姐,你跟柏先生认识很久了吧?"白小丽说。

羲和很惊讶:"你……认识我?"

"不认识,只是感觉,你和柏先生应该很熟悉——我也觉得你很熟悉,我看书上说,人的大脑经常会出现这种情况,比如,从来没去过的地方好像去过,从来没见过的人却有熟悉感。这可能是大脑还没有被开发出来的那些区域蕴藏的能力。"

羲和意味深长地看着她:"哦,是吗?"

"姐姐,既然你和柏先生认识很久了,那怎么不算是朋友呢?"白小奇问。

羲和轻轻叹了口气:"我们本来是朋友的。后来,发生了一些事。"

"什么事?"白小奇追问道,白峰和白小丽也暗暗竖起了耳朵。

"怎么说呢……"羲和想了想,"柏皋……呃,不是,柏子高他有一个从小一起长大的好朋友,出了点事,快死了,柏子高觉得我能救那个朋友,就来求我,可是我也没办法,人类嘛,生老病死是自然规律,对吧。结果他觉得我见死不救,不愿意再和我做朋友了。"

白峰、白小奇和白小丽面面相觑。

"为什么他觉得你能救这个朋友?"白小丽问,"你能吗?"

"我不能啊!我又不是神仙,哪有起死回生的本事!"羲和恼火起来,"你们评评理,他凭什么生我的气!"

"那你当时做了什么呢?"白小丽又问。

"我当然是告诉他实话,我做不到。"

"然后呢?"

"哪有什么然后,跟他说清楚我就走了,再见面的时候,他就变成了现在这样,对我没个好脸,这都十几……呃,十几年了。"

白小奇突然说道:"你说的事,和柏先生写的那个故事好像呀!"

"什么故事?"羲和听他说柏子高把自己写在故事里,愣住了。

"《上古英雄谱》有个番外篇,说的是在一个平行宇宙里发生的故事。这个番外篇和漫画一点关系都没有,也没有出版,柏先生只是发在网上了,看过的人不多,只有我这样的铁粉才知道。"

"那你快给我讲讲!"羲和两眼放光地说。

"你这可算是遇上白小奇的强项了,"白小丽嘲讽地说,"他能给你把那漫画全背出来,正着背一遍,倒过来再背一遍。"

"那也很好嘛,小奇,你讲吧,"白峰鼓励说,"爸爸也想听。"

三 悲伤的北回归线

白小奇不屑地瞥了白小丽一眼:"听见没有,姐姐和爸爸都想听,那我可就要讲了。"

柏子高站在远处,看他们聚在一起好像在谈论什么,心里也挺好奇,但不想走过去加入。这时,一道黑影"唰"地掠过树梢,落到了露台栏杆上,原来是喜鹊。喜鹊见他目光望向人群那边,笑着说:"你和羲和是还没吵起来,还是已经吵完了?"

柏子高"哼"了一声:"回来了?"

"刚到,家里没人,我就猜你在这儿。"

"三足乌大人说什么了?"

"三足乌爷爷说,你是杞人忧天。"

"什么?"

"他说冰渊之王对人类的威胁远不及当年地球遭遇的冰川期,就算他偶尔不合时令地出现,你也没有必要害怕。他说你这是那个什么……那个PTSD。"

"什么?"

"PTSD,创伤后应激障碍。三足乌爷爷真是博览群书,博物馆真没白待。"

"我才没有害怕,什么PTSD……"柏子高嘴上这么说，心里却感到一阵不自在——他确实是格外地害怕冬天和寒潮。

"三足乌爷爷还说，几千年前的人类都发现了太阳光直射的范围是有极限的，而且无法改变，你却还在为此责怪羲和，未免过于固执了。"

柏子高想要反驳，张了张嘴，却什么都说不出。

餐桌边，白小奇对大家讲起了那个故事：

"很久很久以前，在很远的一个山上，有一个精灵，从他诞生的那天起，他就认识了两个朋友，一个朋友是太阳使者，她负责把阳光运送到各个地方，那时候天很冷，太阳使者可以让那些盖着积雪、冰层很厚的地方稍微变得暖和一些。这样，那些地方还可以有植物生长，动物也不会冻死。精灵的另一个朋友，是个原始人男孩，他们都住在那座山上，每天都在一起玩，男孩对精灵可好了，帮他梳头发，送给他兽皮大衣和鞋子。虽然那个精灵有很强大的法力，但他刚刚出生，还不会运用自己的法力，遇到猛兽时，或者掉进冰河里时，他也不知道该怎么救自己，全靠原始人男孩的保护，他才能活到学会使用法力的时候，变得越来越强。有一次，原始人男孩跟着部落去打猎，精灵也跟他一起去，不知道为什么，他们住的地方，已经很难找到猎物了，他们的部落一直往北方走，走了很远很远，天气也越来越冷。在追捕一头鹿的时候，原始人男孩和部落里的其他人走散了，他和精灵被困在一座雪山上，男孩冻得快死了，精灵没有办法，只好呼唤太阳使者，想让太阳的光能多一些，强一些，让男孩暖和起来，可是太阳使者却对他说，现在太阳光已经照到了最北的地方，不可能再往北去了。"

白峰说道："我明白了，故事的意思是，这个原始人男孩当时所处的位置，在北回归线以北。"

"什么是北回归线？"白小奇问。

"北回归线就是——"白峰想了一下，说道，"太阳的光线能够直射地面的最北的纬度线，相应地，在南半球还有一条南回归线，每年太阳光的直射范围就在这两条纬度线之间。那个原始人男孩如果在北回归线以北，太阳光是不可能直射到他身上的，不直射，太阳光是不够强的。在北回归线以南和南回归线以北，得到的阳光最多，形成了热带，而在北回归线以北和南回归线以南，得到的阳光不够多，形成了温带。所以，北回归线和南回归线也是热带气候和温带气候的分界线。"

"哦……原来是这样！"白小奇惊奇地说道。

白小丽看了看他："你这个铁粉也没看懂这个故事啊。"

"谁说的，我当然看懂了。后来，太阳使者就走了，天也黑了，那个原始人男孩冻死在精灵的怀里，精灵很生气，发誓说再也不跟太阳使者做朋友了，也不想再看到她——姐姐，你说，这个故事，是不是与你和柏先生之间发生的事一样？姐姐，你怎么了？"

羲和沉默不语，眼睛里闪现着泪花，她扭头看着站在露台那头的柏子高，柏子高也正看着她。两人目光相对，却都没像以往那样迅速地挪开。

这边讲完了故事，宁小萌那边也烤好了一大堆好吃的，她招呼白峰和孩子们过去端。羲和一个人坐在桌边，她又看了看柏子高，终于下定决心，站起身朝他走了过去。

喜鹊看到羲和走来，对柏子高小声说道："哎，看来今天晚上是你和羲和和解的好机会。"

"我……为什么要跟她和解。"柏子高虽然冷着脸,话说得却很心虚。

"你自说自话地跟人家冷战了十几万年,不道歉都说不过去了,你连和解都不愿意?"喜鹊甩了甩长尾巴,"我说族长大人,拿出点我们仙灵一族的气度来好吗?喊。"

这时,羲和来到了柏子高身后,喜鹊朝她一挥翅膀:"羲和,好久不见啊!柏皋要跟你道歉!"说罢,他一腾身便飞走了。

羲和冷冷一笑:"他瞎说的吧,你怎么会跟我道歉。"

"不是,我真心地向你道歉。"柏子高毫不迟疑地说。

羲和怔住了,她满眼惊愕地看着柏子高:"为什么呢?十几万年你都一直很恨我,为什么今天突然要道歉?"

"一开始我确实恨你,这本来就不对,其实我早就想道歉了。当我第一次知道北回归线,知道这条人类画出来的阳光直射极限界线的时候,真的恨透了自己,"柏子高垂下头,"恨我失去了一个朋友,却迁怒给了并没有责任的你。所有人都知道我错了,可我自己却不敢承认。"

羲和半天没出声,好像在消化这个迟到了十几万年的道歉,好一会儿她才说:"就是,你可太混蛋了。"

"是的,真的非常抱歉。当然,你要是不想原谅我,我也完全能理解,这是应该的。"

"刚才,那个叫小奇的男孩给我讲了你写的故事。我才知道,原来那天我带走了阳光之后,阿鲁就冻死在你的怀里了。他是你来到这个世界交的第一个朋友,对你那么重要,所以,我也明白了你为什么不能释怀。"

"阿鲁和他的同胞都已经从地球上消失了,我能做的,就是不忘记他们。"

"我懂。"

"那么,从今天开始,你还愿意和我做朋友吗?"柏子高郑重地问道。

与天气之神同行

羲和背着手说道:"你跟我僵持了十几万年,现在这个和解进程是不是太快了?"

"那你需要多久才原谅我?"

"这个嘛……等我从南回归线回来的时候吧!"

6 尾　声

两天后,寒潮如约而至,海岛市陡然降温十几摄氏度,十级左右的大风吹袭而来,随即便下起了淅淅沥沥的秋雨,雨水落在皮肤上,冰凉刺骨。还在穿初秋薄衣的市民,猝不及防,十分"被冻"。大家纷纷翻出还带着压褶的冬衣,把自己裹了个严实。商场里的羽绒服突然热销了起来——虽然还穿不上,但冬天显然已经发出了强烈的信号。电视和网络反复播放寒潮预警,提醒人们注意防范霜冻、结冰和感冒。

大荒东咖啡馆里,羲和与一个戴了一脖子大金链子的光头中年男人对坐聊了很久,有说有笑。那中年男人嘎嘎大笑着吞了一口咖啡,一甩脑袋对柜台喊道:"我说阿瑟,你这咖啡怎么跟洗澡水一个味儿啊?"

阿瑟小声嘀咕道:"你喝过洗澡水啊?"这才抬

头赔着笑脸大声说道:"对不住,我这就给您换!"

"不用,我都快喝完了!"中年男人咕噜一口把杯子里剩余的咖啡倒进嘴里,搓了两把光溜溜的头皮,拿起了手边的貂皮大衣,"咖啡不得劲儿,我回去还得整两口伏特加。羲和,咱就这么说定了,明年咱们找机会再聚一回。"

羲和笑着说道:"我只能等你到12月21日冬至日那天,然后我就要去南半球啰。"

"我知道。今年呢,是有点特殊,我启动得有点早,这不马上就给你发消息约你见面了么。我还有好多车方面的事要跟你请教呢!"

阿瑟抱着盘子冒了出来:"冰渊之王,原来是你约羲和,不是羲和约你啊?"

"对呀,怎么了?"

"我……我好像理解得不太对,传错话了。"阿瑟挠挠头,收了空杯子走了。

"他啥意思?"冰渊之王莫名其妙地问道。

羲和一笑:"阿瑟嘛,鱼脑袋,就是这么迷迷糊糊的,别管他。"

"所以，羲和和冰渊之王，要谈的是汽车发烧友那些事，冰渊之王也想弄个摩托。"喜鹊站在柏子高家的窗台上，向他报告说。

"知道了。"柏子高点了点头。

"后来阿瑟悄悄问了羲和，为什么选在海岛市见面，羲和说她想顺便来看看精卫鸟，怪不得她二话不说就要去白家烧烤呢——当然，我觉得她也想来看看你，只是没好意思说。"

"白小丽的事看来已经瞒不住了啊。我们大概真的要准备好迎接共工了。"柏子高严肃地说。

"兵来将挡嘛，没什么好怕的。"喜鹊一笑，"对了，冰渊之王已经走了，海岛市的气温又会回暖了。"

"嗯。"

"羲和也要走了，继续向北。"

"她还会回来的。"

"是啊，这些天神嘛，就是一年到头来来回回，带来一个季节，带走一个季节，不断轮回。柏皋，"喜鹊蹦了几下，转过身面朝窗外的景色，经过一场寒潮的侵袭，花园外的行道树顶端已经出现了星星点点黄色的树叶，雨后的天空呈现微冷的蔚蓝色，一片薄云缓缓飘过，原本被遮住的太阳显露出来，灿烂的阳光洒向整座城市和城市外的海洋，"你说，这些天神虽然高高在上，但他们对这个世界，对人类，是不是也有一种守护呢？"

柏子高没有回答，他靠近窗户，仰天闭上眼睛，全心全意地感受阳光拂面的温暖，就像当初第一次睁开眼看见太阳时所感受到的那样。对他来说，这似乎是十几万年来久违的享受。